新潮文庫

おおあたり

畠中　恵著

新潮社版

11029

目次

挿画 柴田ゆう

おおあたり

序

　やった、当たりだと思う事とは、何なのだろう。若だんなは湯飲み片手に、ある日ふと、長崎屋(ながさきや)の離れの縁側で考えた。

「きゅい、お饅頭(まんじゅう)？」

　小鬼(こおに)達が何匹か、膝(ひざ)の上と周りで遊んでいる。

　富くじが当たる事だろうか。

（でも、危うくもあるよね。急にお足がたくさん入ると、その後の暮らしが崩れてしまうお人も、いるとか聞いたよ）

　人に、惚(ほ)れる事だろうか。

（こいつは良いかも。うん、いいね）

若だんなは妖(あやかし)達とのんびり、離れで過ごしているのが好きだ。そういう日は、大当たりじゃないかと思ったりする。

でも、そういう一日を過ごしたいなら、本当はしっかり働いて、食べて行く為の金子を用意しなくてはならない。若だんなはそこをまだ、親に頼っているから、堂々とのんびりするのは、ちょいと気が引けたりした。

(それに、ただ日なたぼっこというのは、あんまり、何にもなさ過ぎるかしらん)

栄吉であれば、大当たりが何か、はっきりしていると思う。きっと餡子作りが、凄く上手くなる事だからだ。

鳴家達なら、お腹いっぱい美味しいものを食べて、楽しく遊んで、ぐうぐう寝ることだろうか。

大当たり。大当たり。考えていると、己の大当たりが、どんどん分からなくなってきた。

(きっとそれは、とんでもないほどの幸せだよね)

すると若だんなは、余りに凄いものは、ちょいと恐いなとも思ったのだ。

(驚いた。こんなに分からないものだったなんて)

御身にとって、大当たりとは何ですかと問うたら、さっと返答をするお人はどれ位いるのだろう。

周りの皆に聞いてみようかと、声を掛けたところ、沢山の妖達が離れへ顔を出してきた。聞くと案の定、首を傾げる者が多く、その内妖達は考えるのにも飽きて、離れで退屈してしまう。

するとの獏の場久が、暇なら今宵は離れの方で、一席怪談を語ろうかと言いだした。皆が頷くと、さっそく化け狐達が、やなりいなりを作ると言いだし、小鬼達が、沢山、沢山作ってと声をあげる。

一軒家で噺した時のように、お菓子が欲しい、お酒も欲しいと、妖達は若だんなへ、いつものおねだりを始めた。その内離れは、寄席の場になるのか、宴席になるのか、若だんなにも分からなくなる程、賑やかになってくる。

（でも、楽しそうだね。ならいいか）

そして。

気がつけば若だんなは、大当たりとは何なのか、気にならなくなっていたのだ。場久が語る頃には、兄や達も母屋からやってきて、まさに大当たり、楽しい一時が始まった。

おおあたり

1

立夏となり、江戸に夏がやってきた。

青葉は輝き、鰹（かつお）の刺身が美味（おい）しい季節だ。家を軋（きし）ませる妖（あやかし）、鳴家（やなり）達がきゅわきゅわ鳴いていると、江戸は真夏が来たかのように、急に暑くなった。

よって廻船問屋（かいせんどんや）兼薬種（やくしゅ）問屋、長崎屋（ながさきや）の離れでは、若だんなが暑さに当たり、さっそく寝こんでしまった。今日も離れには盥（たらい）が置かれ、兄（にい）や達が手拭（てぬぐ）いを絞って若だんなの額に乗せると、鳴家達が冷ゃっこいと言って近寄ってくる。

猫又（ねこまた）のおしろと小丸（こまる）はその横で、鰹節を小刀で削っていた。若だんなが、見舞いの菓子すら食べられなくなったので、夕餉（ゆうげ）は柔らかい豆腐にしようと、上に掛ける削り節を作っているのだ。

そして縁側では、貧乏神の金次（きんじ）と付喪神（つくもがみ）の屛風（びょうぶ）のぞきが、真剣な顔で碁を打っていた。二人は、栄吉が持って来た見舞いの品を賭け、勝負している所であった。

栄吉は若だんなの友にして、菓子職人なのだが、餡子をこしらえるのがどうにも苦手であった。だから時々……いや、しょっちゅう、妖達ですら魂消るような味の菓子を、作り出してしまう。

「きゅい、囲碁勝負に負けた方が、先に盆のお菓子、食べるの」

鳴家が重々しく言い、周りの妖達も頷く。今日、栄吉が持って来た菓子は新作らしく、紙袋に入っていて中が見えない。しかも甘い匂いすらしないと鳴家が断言したから、誰かが犠牲となって、味見をすべき品だと思われた。

ここで、書き付けを見ていた仁吉と佐助が顔を顰め、さっさと勝負を付けろと、妖らへ言い放った。

「若だんなが目を覚ました時、栄吉さんの菓子がたんと余っていたら、また不味かったのかと心配なさるじゃないか。熱が上がったら、どうするんだ」

すると屏風のぞきは、必死の表情で次の一手を打ちつつ、困った顔で言った。

「栄吉さんの餡子ときたら、最近時々、突拍子もない味になるんだよ。美味しく作りたいと頑張りすぎて、この世の味から外れちまう時があるんだ」

きゅい、きゅわ、その通りと、小鬼達も頷く。それで誰かが最初の一つを食べ、今日の菓子が犠牲者を出さない品かどうか、確かめねばならないのだ。

「急かさないでくれねえか。真面目な一番なんだ」

だが仁吉も佐助も、他に気に掛かる事があるらしく、菓子を食べる順番くらい、決めておけと冷たい。二人は眉間にぐっと皺を寄せ、手の内の書き付けへ厳しい表情を向けていた。

「薬は飲ませたし、額に絞った手拭いだって乗せている。なのに若だんなの熱が引かないのは、気味の悪い、このよみうりが悪いのかもしれん」

佐助は常に、若だんなの事だけを、心配しているのだ。

「よみうり？」

金次が軽く首を捻ると、仁吉が貧乏神へ、今朝、橋の袂で売っていたという、よみうりを見せる。貧乏神はそれを読むと、おしろ達と目を見合わせた。

「何だこりゃ。世に〝大当たり〟するものあり、だってさ。しかも来るのは幸か不幸か、お楽しみときた」

よみうりというより、お告げか占いのようで、何とも落ち着かない一枚であった。おしろは鰹節と一緒に、首を傾げる。

「誰がこんなよみうり、出したんでしょう。それに、ものって……金次さん、〝者〟

なのか、〝物〟なのか、どっちでしょうねえ」

おしろが悩む側で、仁吉が部屋を、行ったり来たりし始めた。

「もし当たるのが、不幸だったらどうするんだ？　若だんなが大当たりして、恐い病に取っつかれたら。ああ、心配だ」

「きゅんい？」

「そういえば、当たるといっても、色々あるんですよね」

削った鰹節を齧りつつ、おしろが真面目に頷く。だが、不安そうに顔を顰める兄や達を、貧乏神が笑った。

「そんなよみうり、気を揉むこたぁないさ。若だんなの熱は、いつもの事じゃないか。どっしり構えなよ」

今回若だんなは、流行病を拾った訳でも、また三途の川へ行った訳でもないのだ。

しかし、屛風のぞきが次の一手を打った途端、その貧乏神がうろたえた。そして、ちらりと盆の菓子を見た後、珍しくも屛風のぞきを拝んだ。

「その……頼む、待った」

「金次さん、待ったはなしだ」

この勝負はある意味、命がけだ。屛風のぞきは、そう言い切った。

「何しろ、今回栄吉さんが寄越した菓子は、いつもと違う気がする。妖の息の根を止める程、不味いかもしれん」

「滅多に頼まないんだ。待ってくれても、いいじゃないか」

「きゅわ、待てない」

「屛風のぞきの阿呆！」

貧乏神が眉をつり上げた途端、部屋の中が急に寒くなったものだから、佐助が碁盤の両側にいる二人へ、直ぐに拳固を落とす。

「若だんなが風邪を引いたら、どうするんだっ！」

するとと、いつの間に目を覚ましていたのか、若だんなが寝床から慌てて兄やを止めた。

「仁吉、佐助、可哀想な事をしちゃ駄目だよ。風邪ならいつも、ひいてるじゃないか」

優しく言われ、屛風のぞきが思わず頷く。すると、それを見ていた金次が嬉しげに、待ってくれてありがとうと言ったものだから、事がややこしくなった。

「いや金次に、頷いたんじゃないんだ。えっ？　それでも頷いたんだから、待てって？　何でそうなるんだ？」

　すると貧乏神は、仕方ないなと言って、取引を持ちかけた。

「おれは貧乏神なんだ。つまり取っつかれたら、貧乏へ一直線だ。だがおれなら貧乏から、遠ざける事だって出来るんだぞ」

　つまり待ってくれたら、一回だけは貧乏にならずに済む力をやろうと、金次は屏風のぞきへ持ちかけたのだ。

「ほれ、これが約束の証(あかし)だ」

　貧乏神は自慢げに、半分欠けた櫛(くし)を差し出して見せた。だが屏風のぞきは口をへの字にし、不満げに言った。

「あのな、妖にゃ、そもそも財なんてない。今以上貧乏に、なりようがないじゃないか。まだ口直しの菓子でも用意してくれた方が、ましってもんだ」

　すると、ここで仁吉が小さく笑い、菓子が欲しいなら三春屋(みはるや)で買ってこいと、文机(ふづくえ)の上にある金子(きんす)を指さす。

「で、代わりにその半欠けの櫛をくれ。商人(あきんど)には面白い品だ」

「きゅい、いいよ。三春屋のお菓子、好き」

「へっ？　誰が返事をしたんだ？」

　とにかく、あっさり取引がまとまって、貧乏神は〝待った〟を手に入れた。仁吉からもらった金を持って、おしろが三春屋へ走り、若だんなの机には、貧乏にならずに済む、半欠けの櫛が転がった。

　そして。

「あ、ありゃあっ」

　小半時程、後のこと。大接戦の末、何と貧乏神が勝ちを手にしたのだ。今度は、屏風のぞきが慌てた。

「ま、待った。さっき待ったんだ。今度は貧乏神が、待ってくれ」

　妖はそう言ったが、盤を見た仁吉が首を横に振る。

「屏風のぞき、ここで待って貰っても、もう勝負は覆らないぞ」

「え……ええええっ」

「ひゃひゃひゃひゃ、済まないねえ」

　屏風のぞきが半泣きの顔になると、鳴家達がさっそく盆に載った栄吉特製の菓子を、屏風のぞきの横へ運ぶ。おしろと小丸も屏風のぞきを見つめ、佐助は妖に茶を淹れてやった。

　つまり……屏風のぞきは逃げられなくなったのだ。それで紙の小袋に入った菓子を摑むと、悲愴な顔つきで若だんなへ頼んだ。

「おれがもしひっくり返ったら、若だんな、三春屋の大福を口に突っ込んでくれ」

「屏風のぞき、それ、栄吉からの病気見舞いだよ。ちゃんと食べられるはずだけど」

若だんなは言い張ったが、離れにいる誰も、そうだねとは返してくれない。屏風のぞきはぐっと口を引き結んでから、紙袋を開け、中身を見もせず口に放り込んだ。

「ぎゅんわ！」

鳴家達が小さな手を握りしめ、妖の顔を見つめる。すると。

「きゅべ？」

屏風のぞきはここで、大きく首を傾げたのだ。それからまた、紙袋の中身を食べた。

「おや、入ってたのはあられだった。甘くない。というより、辛めの味だな」

屏風のぞきはぽりぽりと軽い音を立て、更に食べてゆく。

「安野屋であられを作ってるとは、思ってなかったな。そういやあ栄吉さんの作った餡子なしの団子は、まあまあ食えたっけ」

妖が食べ続けているものだから、ここで鳴家達が恐る恐る、別の袋からあられを盆に出した。そして勇気のある何匹かが、一つ口に放り込む。そうしたところ。

「きゅんいーっ、美味しいっ」

一声上げると、小鬼達は一斉に、あられを食べ始めたのだ。

「へっ？」

若だんなが驚いていると、貧乏神と兄や達も、あられを口に放り込む。三人はさっと顔を見合わせ、揃って笑い出した。

「ひゃひゃっ、こいつは酒が欲しいねえ」

「さ、酒？」

若だんなが寝床の内で驚いていると、仁吉が一粒くれた。ぴりりとした唐辛子の味と、醤油の香ばしさが口に広がる。

「あ、これは……いけるよ」

鳴家がせっせと食べているのもどうりで、若だんなは横になったまま頷く。

「栄吉ったら、凄い。この味、大当たりだ。これなら売れるんじゃないかな」

鳴家から貰って、若だんながまた一つ食べる。仁吉が、それを嬉しそうに見てきた。

「寝込んでいても、これは食べやすそうですね」

ならば栄吉に頼み、もっと作ってもらいましょうと、兄やが言う。日持ちもするだろうから、茶筒に入れておきたいというのだ。

ただ貧乏神と屏風のぞきは揃って、日持ちなどしないと言った。この離れに鳴家がいる限り、美味しいものは、あっという間に消えてしまうのだ。

屛風のぞきは、抱えていた小袋を鳴家と取り合いつつ、深く頷いた。

「しかしあの栄吉さんが、美味いものを作れるとは、驚いたね。いよいよ修業を終える日が、来たって事かね」

栄吉は小さい店ながら、菓子司三春屋の跡取りだ。売れる菓子を作れるようになれば、菓子屋安野屋から暇を取り、長崎屋の側へ戻って来る筈であった。

「確か許嫁だっていたよな。お千夜さんだったっけ。早々に嫁を迎えるかもしれねえぞ」

妖がしたり顔で言うと、若だんなは小さなあられを見つめつつ、嬉しそうに頷く。

「栄吉ったら、いつの間にか立派になってたんだねえ。うん、羨ましいな」

よみうりに書いてあった、大当たりをする者は栄吉であったかと、離れの皆が言う。若だんなが笑う横で、鳴家達が嬉しげに鳴きながら、口一杯にあられを詰め込んでいった。

2

栄吉のあられが長崎屋へ届いてから、一月程後の事。栄吉の〝辛あられ〟は、江戸で売り出されていた。

　妖達はあられを大層気に入り、栄吉に作って貰う端から茶筒を空っぽにした。それで若だんなが勘を働かせ、長崎屋で売り出す事にしたのだ。

　栄吉は菓子屋で修業しているが、修業先の安野屋は上菓子を売る店で、今あられは扱っていない。よって若だんなはまず、安野屋へ挨拶をしてから、あられを栄吉の実家三春屋で作ってもらい、薬種問屋長崎屋で扱うと決めた。あられを、店先で売っている喉の薬、白冬湯の横に置いてみたのだ。

　すると薬湯を求めるついでに、買って行くお客が出てきた。お客に聞くと、妖達と同じく、酒のつまみにしている事が多かった。

「なら、他の店でも売ってもらえそうだね。そう、居酒屋がいいかもしれない」

　お江戸は独り者が多いからか、今、居酒屋はどんどん数を増やしているのだ。若だんなはあられを風呂敷に包み、自分で居酒屋へ売り込みに行こうとして、仁吉と佐助に捕まった。

「外はまだ暑いです。出歩かないで下さい」

「冬は寒いって言うじゃないか。春は、風が強いから駄目だって言ったよ」

「その通りです。どれも駄目なんですよ」

兄や二人は若だんなを離れで休ませ、若だんなが気にしないようにと、己達で居酒屋を回った。すると。

「きゅわ、辛あられ、大当たりぃ」

二人の売り込みが上手かったのか、それこそ若だんなも驚く程、辛あられは売れたのだ。

辛あられは、味がつまみに向いていただけでなく、安くて手軽、買い置きが利く上、直ぐに客へ出せる品だった。よって居酒屋の客と店主、双方から歓迎されたという。その上、客が家へあられの残りを持ち帰ると、家の者達がお八つにし、居酒屋以外でも受けた。

「きゅい、鳴家ももっと食べる！」

若だんなは、その後も長く表へ出られなかったが、あられは勝手に売れ続けた。その内、皆が噂をするようになり、評判を聞いたのか、よみうりまで出たという。

「きゅいきゅい、あられ、もっと」

そして、ようよう若だんなが寝床から起き上がったある日、妖達が離れで、急に影内へ逃げ込んだ。姿を現したのは栄吉で、あられの味付けを増やしたと言い、試しに三春屋で作ったものを持って、見舞いがてら長崎屋へ来てくれたのだ。

そして今日は、何故だか栄吉と共に、大勢の客も長崎屋の離れへやってきた。若だんなが驚いた事に、七人もいた。

「きゅべ？」

「あれま、これは皆さん、お揃いで」

若だんなが挨拶をして上がってもらうと、栄吉はあられを差し出した後、皆を引き合わせてゆく。もっとも大方の客は、既に見知っている御仁であった。

まず今日は、栄吉の父親三春屋が、珍しくも一緒にきていて、もう起きて大丈夫なのかと若だんなを気遣ってくれる。

「ええ、床上げをした所でして」

「おお、そりゃ良かった」

ここで返事をしたのは、栄吉の奉公先、安野屋の主人であった。今日は見舞いの品や、三春屋への挨拶の品を持たせた、奉公人を二人連れていた。

「ああ、こいつは安野屋の者でね。手代の九郎と小僧の小吉っていうんだ」

そして何故だかその横に座ったのは、栄吉の許嫁であるお千夜と、その父権三郎で、今日は妙に真剣な顔つきをしている。権三郎の隣には、若い男の連れがおり、涼しげな面に笑みを浮かべていた。その人は己で、上方の料理屋、薄柿屋の紀助だと名のった。

「これは、お初にお目に掛かります」

若だんなは初めての客にぺこりと頭を下げ、皆へ、栄吉の手土産であるあられをさっそく出した。それから、落ち着いた声で問うたのだ。

「初めてのお方までおいでという事は、見舞いではないでしょう。皆さん今日はこの長崎屋に、何のご用がおありなのでしょうか」

茶を出しに来た仁吉も頷き、すっと若だんなの横に座る。来客達が、顔を見合わせ一寸(ちょっと)黙っている中、真っ先に話し出したのは薄柿屋であった。

「あのぉ、あたしは京で料理屋をやっております。で、年上の従兄弟(いとこ)に、櫛を作ってはる親方がおりまして」

お千夜の姉、おせつの亭主は今、その従兄弟の所で働いているのだ。

「実はおせつはんに、ややこが出来ましてな。丁度あたしが商売で江戸へ来る所やったんで、お身内へ文を預かってきましたんや」

「おや、おめでたい事で」

「へえ、若だんな、ほんまに。お祖父(じい)はんになった権三郎はんも、そりゃあ喜んでおいでや」

そして、紀助が江戸に着いた丁度そのころ、居酒屋では面白い味のあられが売れていた。じき、あられの噂はよみうりの形を取り、権三郎の元へも届いた。するとそれを読んだ権三郎は、紀助が驚くような事を言ったのだ。

「お千夜さんには、菓子屋へ修業に行っている、許嫁がいるというんです。よみうりに載ってたあられは、その栄吉さんというお人が、作ったものやそうです」

そして今回、こうしてあられが売れたからには、もう栄吉に修業は必要なかろうと、権三郎は口にしたのだ。よって早々に、お千夜との祝言を考えようと、父親は願った。妹娘にも、かわいい孫が生まれて欲しいと期待したのだ。

「けど……」

紀助はここで、思いがけない程厳しい眼差しで、栄吉を見る。

「正直に言います。あたしは江戸へ来て、お千夜はんを一目見たとき、このお人こそ自分の嫁になるお人やと思いました。ええ、一目で惚れたんや」

その時紀助は、まさかお千夜に許嫁がいるとは、思わなかったのだ。

「何と」

あられの話をしていた筈が、それは祝言の話になり、やがて、惚れた腫れたの話に化けたので、若だんなは呆然としてしまった。既にその話は聞いていたのか、栄吉は横で、困ったように眉尻を下げている。

「せやけど、先にお千夜はんと出会ったんは、栄吉はんの方や。で、あたしは諦めるしかないやろうと思いました」

ただ京へ帰る前に、紀助は栄吉へ、気になった事を確かめずにはいられなかったのだ。

「それで栄吉はんに、会わせてもらいました」

そして直ぐに修業を終え、店を継ぐのかと聞いたのだ。

「ほんで、お千夜はんをおかみはんにして、幸せにしてくれますなと」

ところが。ここで紀助は己の膝へ目を落とし、厳しい顔つきとなる。

「驚いた事に栄吉はんは、うんと言わなんだ」

それどころか、まだ修業を終える訳にはいかないと、そう言い切ったのだ。横で、栄吉の顔が赤くなった。

「いやその。おれはまだ餡子を、上手く作れないんです」

栄吉は、あられを作る為に、無理を言って安野屋へ修業に出たのではなかった。何とかして真っ当な菓子職人となり、三春屋でも売っている大福や饅頭を、ちゃんと作れるようになりたいのだ。

「今、奉公を終える訳にはいきません」

「何でや。あんたはんは、売れる菓子を作ってるやないか。ならそれを売って、店をもり立てて行けばええんや」

店で売る品が饅頭ならば良くて、あられではいけない訳が、紀助には分からないらしい。自分一人だけの話ならともかく、栄吉の判断には、大勢が関わってくる。お千夜や父親の権三郎、栄吉の実家三春屋、奉公先の安野屋、それにお千夜を見初めた紀助の明日が、栄吉の意向で変わってしまうのだ。

「それで、また聞きましたんや。ならお千夜はんは、おかみはんになるんを、いつまで待ったらよろしいのやと」

半年だろうか。一年は、待たねばならないのだろうか。

「もし、一年も待って欲しいと言うんなら、あたしは……お千夜はんを諦めきれん」

それだけの間放っておかれたら、人の気持ちは変わるかもしれない。

「本気で真面目に、そう思いましてな」

その真剣な言葉を聞き、若だんなは大いに困ってしまった。お千夜が赤くなっているのを見てから、そろりと友へ目を向ける。

「あの、栄吉。一年で三春屋へ戻れると、ここで言い切れるの？」

栄吉は、それは渋い顔つきになったが、答えははっきりしていた。

「無理だ。あと一年くらいで何とかなるとは、自分でも思えないんだ」

それでも、餡子作りを諦めたくないという。

「おれは何としても、ちゃんと菓子を作れるようになりたい」

この気持ちはとうに、父親と安野屋へ伝えてあると、栄吉は口にした。二人は溜息をついたものの、元々栄吉の考えは承知していたからか、ならば頑張れと言ってくれた。

「だけど、ね」

ここで栄吉が、ちらりと横へ目を向け、思い切り困った顔つきとなった。目を向けられたのはお千夜の父権三郎で、厳しい表情を浮かべている。権三郎はぐっと唇を引き結ぶと、若だんなと向き合った。

「長崎屋の若だんな、お千夜はね、まだ若いですよ」

そして栄吉が、菓子作りの事で苦労しているのも、最初から分かっていた。だから何年か待つ事は仕方ないと、権三郎は思っていたのだ。

ただ。

「おせつに孫が生まれたと聞いた時、凄く、会いたいと思っちまった」

すると、だ。紀助は権三郎に、京にある自分の料理屋に来て、ゆっくり逗留すればいいと言ってくれたのだ。権三郎は菓子職人で、腕もいい。江戸の菓子は上方と違うから、料理屋で菓子を作ってくれたら、客も違いを楽しんでくれるだろうと言う。

「ならば、おせつの所へ行けると、思っちまった。おれは今、上方が気になって仕方がないんだよ」

これまで、上方行きなど考えてもいなかったのに、だ。それどころか権三郎は、上方で暮らす己まで、頭に思い浮かべていた。

「この紀助さんと、おせつ夫婦が側にいりゃ、やっていけるかもって、思っちまったんだよ」

栄吉が三春屋へ戻るのを待っていては、江戸で孫を、いつ抱けるか分からない。しかし上方に行けば、孫はそこにいるのだ。

「分かってる。急に上方の話をするなんて、おれの勝手だ」

分かっている。だけど。勝手だと思い、考えないようにしようと思うと、益々思いは膨らんでゆく。権三郎は今朝方、我慢出来なくなり、安野屋へ向かった。そして栄吉を呼び出し、言ってしまったのだ。

「もし……奉公を続けるか、嫁取りをするか、選んでくれと言われたら。栄吉さん、あんた、どうするかって聞いちまったのさ」

「きゅんべー」

天井が軋み、若だんなは今度こそ、言葉を失ってしまった。多分、栄吉もその場で、答えを返す事など出来なかったに違いない。

そして……若だんなは、分かってしまった。今回の件は、辛あられが売れたから起きた事に違いない。

(それで今日、皆はこの話をしに長崎屋へ来たんだね。辛あられを、この先どうするかという話に、なるかもしれないから)

若だんなは、辛あられを盛大に売ってしまった。

三春屋は多分今、息子の嫁取りがどうなるのか、心配している。

安野屋は、預かった奉公人栄吉の事を、気遣っているに違いない。

上方で孫を得た権三郎は、思いがけず、次女お千夜の婚礼について、悩むことになった。

お千夜は、黙ったままだ。

薄柿屋紀助は、辛あられが上手くいったのに、動かない栄吉に、腹を立てている。

(あられが売れた途端、何でこういう話になるんだろう)

そして栄吉こそ今、一番困っているに違いなかった。これからどういう仕事をしていくか、嫁取りをいつするか、つまりどう生きて行くのかを、急ぎ決めねばならなくなったのだ。

(どうしよう……とんでもない事を、引き起こしてしまった)

若だんなが友の為を思ってした事が、栄吉の一生を揺さぶっている。口の中に、辛あられのような辛さが広がって、若だんなは着物の袂を握りしめた。

すると急に、何だか畳が妙に柔らかく感じられた。それで若だんなは、急ぎ横に手を突いた。

「きゅべ」

軋むような声が、何故だか遠くに聞こえる。気がつくと目の前が、ゆっくり暗くなっていった。

3

「情けない。来て下さった皆様に、申し訳ない事をしたよ。大事な話し合いの時に、具合が悪くなるなんて」

せっかく床上げしたのに、若だんなは気がついたらまた、臥せってしまっていたのだ。兄や達が客へ頭を下げ、昨日は皆にすぐ、帰ってもらったと教えてくれた。

「そうなんだ。本当に……申し訳ない事をしちゃったね」

「きゅべ、若だんな、何で？」

すると佐助が、枕元にある盆へ茶を載せ、帰った皆も、ほっとしていただろうと言った。

「栄吉さんだけでなく、紀助さんや権三郎さん、お千夜さんの一生が掛かった事を、話していたのです。安野屋さんやこの長崎屋だとて、商いで大きく関わっている件です」

それをいきなり、どうするのかと問われても、直ぐに答えを出せる筈もなかったと、佐助が言う。

「なのに、じき、京へ帰らなきゃいけない紀助さんは、我慢が出来なかったんでしょう」

大事を持ち込んで、若だんなを困らせてしまった。申し訳ない事をしたと、お客達の方が謝っていたと、佐助が言う。

それで今日離れの盆には、二つの菓子屋から届けられた、見舞いの菓子が山と置かれているのだ。その脇に、栄吉が作った新しい味のあられもあり、その内味が気に入ったかどうか、聞きにくると文が添えられていたので、若だんなは溜息を漏らした。

「この辛あられ、売らなきゃよかったんだろうか」

「きゅべ？」

鳴家達は暑いのか、首を傾げつつ、手拭いを絞る盥で、ぱしゃぱしゃと泳いでいる。若だんなが困った顔のまま、それを見ているので、仁吉は手拭いを若だんなの額に乗せた後、ゆっくりと言った。

「若だんな、今回の件、確かに辛あられが関わっております。だが私は、あられがなくとも、じきに騒動は起きたと思ってます」

「えっ……」「きゅんい？」

「事の起こりは、上方でお千夜さんの姉、おせつさんに、赤子が生まれた事でしょう」

おせつが文を紀助に託した事は、辛あられとは関係がない。つまり権三郎はあられの件がなくとも、上方から届いた文を見て、孫に気を引かれた筈なのだ。

ましてや、江戸へ来た紀助がお千夜を気に入った事に、あられは関わりがない。

「紀助さんは上方で料理屋をやっていて、江戸に長くはいられない。つまり自分で話していたように、本気でお千夜さんに惚れたのなら、あられの話が無くとも、栄吉さんに問うた筈なんですよ」

このままずっと、お千夜を待たせる気なのかと。紀助が聞けば、権三郎も動く。つまりお千夜との婚礼と、栄吉の奉公が絡んだ話は、早々に表へ出たのだ。

「となれば話は否応なく、三春屋や安野屋へも伝わります。ええ、二つの店とて辛あられに関係なく、今回の騒動に巻き込まれたんですよ」

ただ辛あられが売れた事で、栄吉は言い逃れが出来なくなった。それは確かだ。

「まだ稼げないから待ってくれとは、お千夜さんに言えなくなったんだよね」

若だんなが大きく眉尻を下げた横で、盥の中にいた鳴家達が、今度は盆の饅頭を取ろうと、濡れたまま盆へ寄ってゆく。しかし今日は菓子が山と重なっているので、小鬼らは、取るのに苦労していた。すると屏風のぞきが、盆を濡らすなと文句を言いつつ、鳴家へ饅頭を渡してから、自分も一つ口へ放り込んだ。

途端少し笑い、これは安野屋の職人が作った菓子だと言った。

「やっぱりこりゃ、栄吉さんの餡子とは随分違うな。今日のは、大松さんが作ったのかな、忠次さんかな。でも一つ食べて、こうも差が分かるんじゃ、拙かろうなぁ」

「きゅい、美味しい、きゅわ」

辛あられは売れたが、やはり多くの店で売っている饅頭で勝負する腕は、栄吉にはまだない。妖ははっきり、そう言い切った。

「まあ栄吉さんの悩みは、今に始まった訳ではないじゃないか。今更どうしようもないというか」

だが、しかし。今回は一つ、もっと危うい悩みが出てきたなと、付喪神は言い出した。

「屏風のぞき、危うい悩みって?」

「おや若だんな、栄吉の事ばかり考えてて、肝心要へ目が行ってないのかな。この屏風のぞきは、そりゃ目端がきくからさ。だから今度の事も……」

「屏風のぞき、話をするのか自慢をするのか、はっきりしろ!」

ここで佐助にぴしりと言われ、妖はぺろりと舌を出す。だが、付喪神が先を言うその前に、天井で鳴家達が鳴き出し、妖らの姿が消えた。庭から、お客だという声が聞こえてきたからだ。

「あれま、誰だろう」

若だんなが首を傾げたその時、何故だか金次が横手の木戸から、男を案内して入ってくる。半身を布団から起こし、若だんなが目を向けたのは、見知った顔であった。

「紀助さんじゃないですか。今日は何のご用で？」

京の商人は、縁側に腰掛けると直ぐ、手にしていたよみうりを見せてきた。そして、辛あられの話が書いてあると、若だんなへ告げたのだ。

「きゅい？」

「はて紀助さん、そういうよみうりは、前にも出ておりましたが」

「これは、新たな話でして」

縁側に座った紀助が、急ぎよみうりを若だんなの前に置く。それに目を落とすと、そこには、思いがけない話が出ていた。

「大評判の辛あられに、新しい味が出た。唐辛子味の他に、わさびの味と辛子味噌味がある。あちこちの居酒屋で売っているから、食べなきゃ損だ。そう書いてありますね」

若だんなは急ぎ、寝間内の盆に置かれた、見舞いの品に目を向ける。栄吉が寄越したのは新作のあられで、確かに辛子味噌とわさびの味であった。

紀助が縁側から、真剣に問うてくる。

「こういう新作を出したってことは、稼ぐと決めたって事ですよね？　栄吉さん、お千夜さんと祝言をあげる気でしょうか」

しかし若だんなは、よみうりに書いてある事の方に驚いていた。

「この辛あられは、新しい品です。わさびの味と、辛子味噌味。けど、栄吉から長崎屋へ届いたばかり。うちじゃまだ、売り出してないんですが」

それに、辛あられを仕切っている若だんなは、こうして臥せっている。なのにこれらの品が、居酒屋で早くも売られているとは、どういう事なのか。仁吉と佐助が眉間に皺を寄せたので、紀助が魂消(たまげ)、若だんなは首を傾げた。

「紀助さん、辛あられは長崎屋が注文を取って、三春屋さんが作っているんです」

新作を作るのは、三春屋だ。

「三春屋さん、早く売れ行きを見てみたかったのかしら。長崎屋へ卸す前に、知り合いの居酒屋へでも、渡しちゃったとか」

「若だんな、三春屋さんは大層な律儀者(りちぎもの)です。そういう事はなさいませんよ」

佐助が言い切った。特に今回、辛あられが売れると、これで栄吉も先々店をやっていけるかもしれないと、長崎屋は大層感謝されたのだ。

「確かに、そうだね。三春屋さんが、うちに黙って商売をするとは思えないね」

頷くと、では確かめてきますと、佐助が外へ向かった。

「近所の店です。ここで色々思い煩(わずら)うより、直(じか)に三春屋さんへ聞いた方が早いです」

ここで金次が、本当に居酒屋に、新作のあられがあるのか確かめてくると、ひょいひょいと表へ駆けていった。紀助が呆然として、よみうりを見ている。

佐助がじき、三春屋の主(あるじ)を伴い戻ってきた。離れの天井がきゅいきゅいとまた軋み、三春屋は紀助に気がつくと、一瞬顔を赤くする。だが、とにかく若だんなの側へ行き、大恩ある若だんなを飛び越え、居酒屋へ勝手にあられを売るなど、してはいないと言い切った。

「新作のあられ、わさび味と辛子味噌味は、昨日栄吉が三春屋で作りましてね。届けたのは長崎屋さんと、栄吉のいる安野屋さんだけです」

三春屋がそう断言したものだから、仁吉が、急ぎ化け狐(ばぎつね)を舟で出し、今度は安野屋へ次第を知らせる。その舟は早々に戻ると、安野屋の主と栄吉を乗せてきた。

「一太郎(いちたろう)、新しいあられが、もう売りに出されたんだって？　おとっつぁんは作ってないんだよね？　なら何で、居酒屋で売ってたんだろう？」

さっぱり訳が分からないようで、栄吉は呆然としている。それを見た紀助は、盆に載っているあられへ目を向け、困った顔を作った。

「栄吉はんが売ってる品やないあられが、居酒屋で売られてるのかいな。なら……お千夜さんの事は、どうなるんや？」

どうやら紀助の頭の中は今、お千夜の事で埋まっているらしい。すると、今は一軒家の住人として、人に顔を見せるのを厭わないおしろが、庭へ堂々と入ってきた。

「さっき金次さんから、新しい辛あられを売ってる居酒屋を、探してくれって頼まれました。ええ、見つけましたよ」

おしろはそう言って、紙包みを差し出す。

「近所の表長屋にある小店にあったんです」

綺麗な娘に化けているおしろが、あられを食べてみたいと言ったところ、若い客が気前よくくれたという。

「これ、辛子味噌味のあられですよね？　わさびの味も食べたって、お客が言ってました」

安野屋と三春屋が、おしろが持って来たあられと本物を食べ比べる。二人は揃って、驚く程似ていると言い切った。安野屋は、顔を顰めている。

「栄吉が考えたあられは、大層売れているようだ。だからじき、似た品が出てくるだろうとは、思ってたがね」

しかし、これから売り出すわさび味と辛子味噌味のあられを、誰かが先に、こっそり売り出したとなると、見過ごせない。誰かが栄吉の手柄を、盗んだ事になるからだ。

「嫌なやり方だ。あられは昔からあるものだ。居酒屋へ売り込みたいんなら、味くらい、己で決めりゃいいものを」

一体誰が、栄吉の考えたあられを、先に居酒屋へ持ち込んだのか。顔見知りの岡っ引きに、聞いてみようかと安野屋が言い、三春屋も頷いている。だが栄吉が、咄嗟に二人を止めた。

「あの、事を大きくするのは、ちと待って貰えませんか」

「何で？　例えば日限の親分さんに頼めば、大騒ぎにはしないで貰えると思うけど」

若だんなが寝床で首を傾げると、栄吉は小さく息を吐き、ちらりと紀助を見る。

「おれはまだ、これからどうするか、権三郎さんへ返事をしてないんです。今、他の騒ぎまで、抱えられないから」

権三郎は先に栄吉へ、奉公を続けるか、お千夜を嫁にするか、選んでくれと口にしていた。そして栄吉は、返事をまだ用意出来ていないと、そう言ったのだ。

「えっ……まだ決めてなかったんか」

若だんなの向かいで、紀助が唇を引き結んだ。しかし、己を三春屋が厳しい顔でみているのを知ると、身を小さくしてしまう。

三春屋は、今度は心配そうに息子へ目を向けてから言った。

「栄吉が、騒がないで欲しいと言うんなら、少し様子を見てみるが」

安野屋も頷き、修業中の弟子を見つめている。若だんなは、黙って首を縦に振った。

(栄吉、どんな答えを出すのかしら)

そして辛あられの件は、どう転がるのだろうか。

「きゅわきゅわ」

ここで天井が軋み、仁吉が表へ目を向ける。すると、何故だか上機嫌の貧乏神が、辛あられを沢山手にして、離れの庭へ戻ってきた。

4

三日後、長崎屋の離れに日限の親分が来たので、仁吉はさっそく冷たい井戸水と辛あられを、岡っ引きの前に出した。

しかし用件を聞くと、久々に来た岡っ引きへ、厳しい眼差しを向けたのだ。

「へえ、新作の辛あられのことで、騒ぎが起きたんで、日限の親分は今、あられに関わっている人を調べておいでなんですか。だけど何で若だんなの所へ、おいでになったんでしょう」

暑さで妙な考えに取っつかれたのかと言う、仁吉の口調はつっけんどんだ。すると親分は縁側で、ちょいとあられをつまんでから、また寝付いている若だんなへ目を向けた。

「いやその、おれは若だんなの事を、疑ったりはしてねぇよ。だってさ、長崎屋は金持ちで、その上若だんなは寝てばかり。小遣いですら使いかねてるんだ」

金儲けのために、若だんなが無法をする筈がないのだ。日限の親分は大きく頷いて、またあられを食べた。

「だがねえ。新作の辛あられで、損をした店が沢山出たんだ。おれは、調べにゃならねえんだよ」

何しろ皆に頼られているからと、親分は己の言葉に頷いている。すると裏手の一軒家から、冷たい掘り抜き井戸の水を汲みに来た金次が、若だんなと親分へも、冷たい内にと水を勧めてきた。

「おや金次さん、ありがとうよ。長崎屋の井戸は、良い水だよねえ」

「親分、噂を聞いたよ。新しい味で出た辛あられが、細かく割れたり、注文した居酒屋へ届かなかったりしてるんだって？」

しかも、辛あられを作っている筈の三春屋では、まだ新作は、売り出していないと言っているらしい。

「つまりくずあられになった品は、偽物って訳だ」

それで親分は炎天の下、歩き回る羽目になっているのだ。すると親になって以来、一段と冴えていると自称している親分は、縁側でぐっと水をあおった後、己の考えを口にする。

「ああ、売れてると評判のあられを、真似して売った奴がいたんだろうな」

だが、こそこそと売っている内に、駄目にしてしまったのだろう。

「うん、そうに違げえねえ。おれもいっぱしに、見通せるようになったもんだ」

つまり元からきちんと、あられの商売をしている長崎屋は、偽物の件とは関係がないのだ。親分は、大きく頷いた。

「つまり、そういう訳だ。若だんな、寝ている所を邪魔して悪かったな」

「きゅいきゅい」

親分は格好良く言った後、辛あられの残りを食べようとしたが、何故だかもう一粒も残っていない。首を傾げつつ帰って行く背中が、庭の木戸から出ると、若だんなは離れへ上がってきた貧乏神へ、寝床から溜息を向けた。

「金次。偽の辛あられが駄目になったのは、金次の仕業なの？」

「ひゃひゃっ。さあねえ」

だが、日限の親分が言った事は、結構的を射ていると貧乏神は言う。

「食い物をこそこそ作って、隠れて売り歩いてたんだ。ひゃひゃ、気がついたら駄目になってたって事も、あるだろうさ」

たとえ、堅いあられでもねと、金次は澄ました顔で言った。

「くずのあられが出て、客達が怒ってた。売った奴に、文句が行くに違げえねえ。ひゃひゃ、その内、そいつらは商い出来なくなって、事は終わるさ」

それからちゃんとした、栄吉の辛あられを売れば良い。そうすれば、お千夜の件で悩んでいる栄吉の心配事が、少しだけ減るのだ。

「だろう？　若だんな」

言われて若だんなは、仁吉に団扇で扇いでもらいつつ、小さな声で問う。

「金次、誰が偽物を作ったのか分かる？」

「振り売りが、新作のあられを持って来たと言ってたな。でもなぁ、てっきり長崎屋が売ってると思ったみたいで、誰もどこの店の品か、聞いちゃいなかったらしい」

「なんと、うちの品だと思ってたんだ。早く騒ぎが収まると、いいけど」

ところが。何故だか辛あられの騒ぎは、更に大きくなったのだ。

栄吉が、実家である三春屋の様子を慌てて確かめにきたのは、二日後の事であった。栄吉は帰りに、長崎屋へ顔を見せてきた。

「とんでもない事になった。おれがくずの辛あられを売ったと、三春屋へ怒鳴り込んできた奴がいたんだ」

おまけに、何故だかその事を紀助が知り、権三郎へ伝えてしまった。

「嫁取りをしたくないから、おれがわざと、あられを駄目にしたんじゃないか。権三郎さんに、そう疑われちまったんだ」

栄吉は沈んだ声で言い、帰って行った。

そして恐ろしい事に、話はそこでも収まらなかった。事は、更に困った方へと転がり落ちていき、若だんなが驚く事になったのだ。

「何と、またよみうりが出たのかい？」

今度は、辛あられに偽物が出た顚末を、詳しく書いてあった。そしてよみうりは、誰が忌々しい偽物を売ったのか考えてみたいと、勝手に様々な名を出したのだ。

元々の辛あられに関わっていた、栄吉に若だんな、三春屋、安野屋の名が書かれていた。その上、他のあられ屋や料理屋、花林糖売りの名前まで書き連ね、偽物を売った者を当て、皆で楽しもうと結んであった。

「ゆ、る、せ、ん！」

ばきりと団扇をへし折り、よみうりを呪ったのは佐助だ。若だんなが寝床から慌て
て、兄やを宥めている内に、拙い事に、仁吉の方もよみうりを読んでしまう。こちら
は黙っていたが、口の端を引き上げた途端、よみうりが真っ二つになったので、それ
は恐かった。

「若だんなの事を、ない事、ない事書き立てたあげく、そのよみうりを売って金を儲
けるとは！　このよみうりは、報いを受けねばなりませんな」

途端、長崎屋の妖達が部屋に湧きだし、皆、頷くと、雄々しく考えを述べはじめる。

「きゅいっ、ひとつき、大福禁止の刑！」

「おいおい、この暑さだ。大福よりも心太の方が、罰としてはいいんじゃないか？」

「あの、屛風のぞきさん、どうやって心太をよみうり達に、食べさせないようにする
んですか？」

「うーん、難しかろうなぁ、よみうりってぇのは、きっと食いしん坊だろうからな」

おしろの問いに、妖らは考え込んでしまった。そして今日は先日のように、お菓子
が盆に山と積まれていないのを知り、皆、大いに暗くなった。

ただ一人を、除いては。

「この世には、悩み事が多くあるな。まあ今回は、この貧乏神が兄やさん達へ手を貸すから、安心しな」

「あ、安心？」

　きゅいきゅい、ぎゅわぎゅわ声が重なる横で、貧乏神が仁吉へ、妙に明るく言ったのだ。それで若だんなは、焦(あせ)った。

(このままだと、江戸中のあられ屋を、金次が貧乏にしかねないね)

　しかし寝付いている自分が、よみうりの事で何かしたら、兄や達の怒りをあおってしまう。若だんなは急ぎ考え、妖達に助力を頼む事にした。噂を拾っただけかもしれないよみうりに罰を与えるより、まずは偽物を作ったのが誰なのか、知りたいと言ったのだ。

「私は今、表へ出られないんだ。妖の皆で、偽の辛あられの出所を探しておくれ」

　それが分かれば、栄吉は権三郎へ己の潔白を示せると、付け加える。偽物作り捜しの方が、まだ剣呑(けんのん)ではないと思われた。すると。

「きゅい、鳴家には仲間が一杯。とても役に立つ」

　小鬼達が元気いっぱいそう言ったところ、仁吉は、とてもとても恐い笑い方をした。そして、ならば妖達を使って、許せない偽物作りを締め上げてみせると、そう断言する。

「ええ、今回はきっちり、馬鹿をした者に思い知らせてみせますよ。妖達を使ってやるのも、面白いかもしれません」

仁吉が、力を貸してくれ、酒盛りを後で許すと言ったものだから、離れの面々が沸き立つ。

「きゅい、若だんな。鳴家は色々出来るの」

「心配するなよ、若だんな。この屏風のぞきが付いてるんだ。勿論偽物作りにゃ、思い知らせてやるさ」

「あらまあ。なら江戸中の猫又に声を掛けて、助けてもらいましょうかね」

おしろも嬉しげに言ったものだから、若だんなは本心困った。だが、頼んだ事が、妙な方へそれても、今さら止めてくれとも言えない。兄や達は、薄く笑っていた。

5

仁吉と佐助は、直ぐに手を打った。

まずは長崎屋から、多くの居酒屋へ知らせを出した。辛子味噌味やわさび味の辛あられは、まだ売り出されていない。よってそういうあられは、全て偽物だと教えたのだ。

　それからよみうりも利用し、もう一度あられの話を書いてもらった。ただし今度は、買い手に忠告してもらったのだ。悪い品があるかもしれず、用心するようにという、言葉が添えられていた。

　そうやって、偽あられを売れぬようにした後、兄や達は次の手に移ると言った。

「ここで栄吉さんの力をお借りします」

「栄吉の？」

「辛あられの新作を、また作ってもらいます」

　夏にもかかわらず、羽織を着る事で手を打ち、若だんなは離れの内で起き上がって、皆の話に加わっている。すると仁吉は、ある罠を張る気でいると教えてきたのだ。

「人に化けられるので、猫又と化け狐達に、居酒屋を回って話を聞いてきてもらいました。それによると偽の新作辛あられは、随分売れたみたいですね」

　つまり、くずになって、売れない品となるまでに、たっぷり儲けが出ていた筈なのだ。偽物を作った誰かは、味をしめているに違いない。

　だから。

「こちらが次の新作を出した場合、今度は長崎屋が売り出すのを待って、また真似た味を売り歩くだろうと思います」

今度は世の中に本物と偽物が、たぶん一緒に出回る。そうすれば質の悪い品が出ても、長崎屋のせいに出来るからだ。

「ええ、新たな味の偽物も、結構儲かるに違いないです。辛あられを出しているのは、まだ長崎屋だけですから」

「そうだね……でも、そんなに上手く、同じ味の品を作れるかしら」

若だんなはそう言ってから、小さく「あっ」と言って、言葉を止めた。先に売られた偽物、わさび味と辛子味噌味のあられは、本物と、とてもよく似ていたのだ。

「そういえば、あれはまだ売り出す前の品だったのに、偽物が出たんだっけ。つまり偽物を作った誰かは、栄吉がどんな味の新作を作っているか、早々に知ってたんだ」

ということは、その偽物作りは、栄吉の側にいる筈であった。試作をしていた場に顔を出せる者でなくては、作り方を知る事など出来はしないのだ。

「つまりそれは……私も顔を知ってる誰かが、栄吉に迷惑を掛けたって事なのかな」

困ったような声を出すと、首を傾げた鳴家が、大丈夫かと小さな手で撫でてくる。若だんなが、ありがとうねと言って抱き上げると、小鬼達はそれは嬉しげに「きゅい」と鳴いた。

仁吉が栄吉へ頼んだ新作の辛あられは、何と胡椒味に決まった。うどんに掛ける、ぴりりと辛い味。その辛さが酒のお供に良かろうと、妖達が言ったのだ。

「きゅい、辛い。きゅわ、美味しい」

栄吉が、三春屋で試しに作った胡椒味は、妖の受けも良かった。それで栄吉は、奉公人ゆえ安野屋でもあられを作り、主にも次の辛あられを食べてもらう事にした。

「ちょいと変わった味なんで、奉公人の皆にも配る気だ。味のこと、どう思ったか聞きたいんだ」

安野屋のいつもの板間は、商いの菓子を作る場所だ。よって栄吉が、台所に近い板間であられを作っていると、安野屋が早速顔を出し、心配を口にする。

「ほお、今回は胡椒をまぶすつもりなのか。あられだろ？　ちっと辛過ぎやしねえか？」

しかし栄吉は、にっと笑った。

「ええ、ただ胡椒を使っただけじゃ、咳き込みそうなものになりました。それで味醂や酒、それに別の味も足したんです」

栄吉から、何を使って味を付けたのか聞くと、安野屋は大きく頷き、苦笑を浮かべる。

「おめえはさ、不器用じゃあるが、こういう味付けは、ちゃんと出来るんだよなぁ」

なのにどうして餡子だけは、ああも相性が悪いのかと、安野屋は不思議に思うと言ったのだ。栄吉は板間の上で木鉢の中身を混ぜながら、済みませんと何故だか謝った。

それから、乾いた小さな餅を揚げる為、安野屋と共に板間から離れる。

するとまるでその時を待っていたかのように、何人かが板間へ現れた。まず九郎が顔を出し、すぐに大松もやってきて、二人は店表の方へ消える。次に小僧が来たが、これも早々に去った。そして次に、安野屋の台所の外から、誰かいるかと問う声が掛かったのだ。

「おや、誰も……」

声は台所へ近寄ったが、それでも姿はなかなか現れない。だが……暫くそのままであったので、帰ったのかと思われた頃、板間へ現れた影があった。

「や、これは新作か」

木鉢へ近寄った者は、脇にあった書き付けを見つけると手を伸ばす。そして、辛あられの分量書きを暫く見つめていたが、何とその紙を、思い切りしわくちゃにして丸めてしまった。そして、辺りを見回した。

「火鉢か竈(かまど)……」

しかし、肝心の火が見当たらないと分かると、男は皺(しわ)だらけの紙を広げ、今度は一気に、半分に裂いてしまった。そして、更に裂こうとした所で、横から飛びつくようにして、それを止(と)めた者がいた。

「止(や)めんかっ。そいつが何だか、分かってるのかっ」

書き付けをむしり取られた男が、板間へ両の膝(ひざ)を突く。すると男は直(す)ぐに、呆然(ぼうぜん)とした声で名を呼ばれる事になったのだ。

「何と……紀助さんじゃないか」

見れば栄吉が、いつの間にやら板間へ戻って来ていた。その後ろには、安野屋の姿もあった。

「おいおい、辛あられの分量書きを狙(ねら)っていたのは、こいつだったのか」

板間で、紀助を押さえていたのは、奉公人の九郎であった。安野屋が口元をへの字にした時、その場に、板間を見はっていた若だんなと兄や達も姿を現す。

「ええ、こっそり安野屋へ入り込んだのは、紀助さんでした」

紀助は両の手まで板間へ突くと、深く息を吐き出した。

板間で皆に囲まれ、その真ん中に座り込んだ紀助は、無茶をした訳を白状した。栄吉が次の新作あられを出し、それが売れる事を恐れたと言ったのだ。

「そうなったら栄吉はんは、今度こそ奉公を辞めると、決めるやろ。そしてお千夜はんを直ぐに、嫁取りするに違いないと思うて……」

紀助はそうなる事を厭うた。

「だからといって、馬鹿をしたもんだ」

安野屋は権三郎へ急ぎ使いを送り、店へ来てもらった。紀助は京の商人だから、江戸で頼れる者はほとんどいないのだ。

すると、権三郎が慌てて飛んできたのは良いとして、一緒にお千夜までが来たものだから、仁吉と佐助が顔を見合わせる。それで若だんなは、前に屏風のぞきが言いかけた言葉を、思い出す事になった。

(そう言えば以前、屏風のぞきは栄吉に、餡子を作れない事より危うい悩みが出てきたと言ってた)

あの話は別の事に紛れ、途切れて語られなかった。だが、こうしてお千夜を目の前にすると、妖が何を言いかけたのか、若だんなにも分かってきたのだ。

お千夜は、紀助がとんでもない事をしたと聞き、父親と一緒に安野屋へ駆けつけた。こういう場合、若い娘も一緒に来いとは、言われない筈だ。だがお千夜はそれでも、安野屋へ来たのだ。

（紀助さんの、為に）

若だんなが危ういのであれば、仁吉も佐助も、驚く程の勘を働かせるが、事が他人の色恋となれば、話は別らしい。だから長崎屋の妖達も、若だんなも、見過ごしていた事があったのだ。

（お千夜さんの気持ち、かな）

ならば何故、屏風のぞきが気がついたのか。今考えれば、確かに手がかりはあった。

（今栄吉は、凄（すご）く悩んでる。権三郎さんから、奉公を続けるか、お千夜さんを嫁にするか、選んでくれと言われたからだよね）

だがよくよく考えれば、そんな悩みにとっ捕まる事自体、危うい話だったに違いない。

（お千夜さんは、権三郎さんがその話をしたとき、側（そば）にいた。紀助さんがお千夜さん

に惚れていると言った時も、それを聞いてた)

つまり。

(お千夜さんが、ぴしゃりと一言、馬鹿を言うなと言っていれば、終わってた話なんだ)

自分は栄吉の許嫁だ。栄吉と一緒になる。惚れている。そう口にしていれば、長引く話ではなかったと思う。紀助は渋々諦めただろうし、親も、上方へ旅でもして、孫に会ってくるだけで事を済ませたに違いない。

(だけど、お千夜さんは黙ってた)

言わなかった事が、栄吉を悩ませたのだ。

(そしてお千夜さんは今日、紀助さんを心配して、飛んできちゃったんだ)

今、安野屋の板間で、紀助のすぐ側にいて、心配そうに京の男を見ている。傷ついていないかと、狼狽えている。若だんなは深く息を吐いた。

(ならば、栄吉が一世一代の決意をして、奉公を辞めると言っても……そいつは返事にならないね)

どんなに考え抜いても、問われなかった事への返事は、出来ないからだ。好きあって、一緒になると決めた二人だと思っていた。長い付き合いの末に決めた話ではなかったが、姉のおせつの悩みを二人で何とかして、まとまった縁であった。

(なのに、いつの間に、こんな事になったんだろう)

気がつくと栄吉の目も、紀助ではなく、お千夜の方を向いている。お千夜が今、栄吉の方を見ていないことを、知ってしまった。いやもしかしたら、とうに知っていたのだろうか。

横では安野屋が腕組みをし、権三郎へ、この場で何があったのかを告げた。

「この板間では今日、栄吉が新しいあられを、作ってたんだよ。前の二つの味は、けちが付いちまったから、別の品をね」

今回は胡椒を使ったものだったと言い、安野屋は板間へ寄ると、落ちていた書き付けを拾う。あられの作り方を記した紙は、半分に裂かれていた。

「紀助さんが、こんな馬鹿を思い立った訳は、皆、もう分かってる」

当人が正直に言ったからだ。お千夜ゆえの話だった。それを聞いた権三郎は、自分にも関わり有りと、急ぎ頭を下げた。栄吉にも、安野屋にも、若だんなにも下げた。するとここで栄吉が、疲れたような顔を上げる。栄吉は皆に、少し話しても良いかと問うたのだ。

(栄吉……答えを出したんだね)

若だんなも、友の話を聞くしかない。栄吉の声は、とても静かだった。

「この紙を破いちまったのは、紀助さんです。でも……破かずにはいられなかったのは、お千夜さんの目が、紀助さんの方を向いていると、分かってたからだと思う」

だから、何かやらずにはいられなかった。このまま何も無かったかのような顔で、京へ帰る事が出来なかったのだ。

「えっ」

権三郎は狼狽えた声を出したが、お千夜は下を向き、黙ったままであった。すると今度は安野屋にも、兄や達にも、その無言の意味が伝わったらしい。

つまり。安野屋が、一瞬天井へ向いた後、草臥(くたび)れたように言った。

「何とまぁ。お千夜さんが見ている相手は、とうに変わってたって訳か」

栄吉が、なかなか答えを出せなかった筈だと、安野屋は溜息(ためいき)をつく。

「縁談は調ったら、早々に祝言(しゅうげん)を上げなきゃ駄目なのかねえ」

若だんなが板間へ目を向けると、泣きそうになったお千夜を、今度は紀助が気遣っていた。二人は互いを見ており、栄吉はそっと余所(よそ)へ顔を向けた。

6

ここで権三郎が、もう一度深く、皆へ頭を下げる。そして今回の騒動は、紀助とお千夜が起こした事だったのかと言い、歯を食いしばって詫びたのだ。

だがこの時若だんなが、首を横に振る。そして権三郎を見ながら、はっきり否と言った。

「あの、娘さんと紀助さんは、確かにお互いの方を向いているようです。でも、あられの騒動を起こした大本は、紀助さんじゃありませんよ」

「は？　でも書き付けを破いたのは、紀助さんですよね？」

皆の目が、見開かれる。すると仁吉が「おっ」と小さく声を上げ、そうでしたと言葉を続けた。

「そういえば偽のあられは、よく似た品が売りに出たんでしたっけ。ああ、紀助さんじゃ、あの辛あられは作れませんね」

紀助は菓子屋ではないし、そもそも京から江戸へ出てきて、今は宿屋に泊まっている。江戸で売れるあられの偽物を作り、それを買ってくれる居酒屋を見つける事など、出来るとも思えなかった。

「若だんな、そういやぁそうだな」

「勿論お千夜さんにも、あられは作れません」

権三郎ならば、菓子は作る腕はあっただろうが、栄吉が考えた辛子味噌味の書き付けを、見る事など出来なかった筈だ。

若だんなが話を進めてゆくと、長い話になるなら板間へ座ってくれと佐助が促し、安野屋が縁に腰掛けるよう言う。若だんなは座って、主の顔を見上げた。

「安野屋さんなら、栄吉の書き付けを見る事が出来たでしょうし、辛あられを作る腕もありましたね」

「おや、おれが疑われているのかな」

豪放な所のある安野屋は、怒りもせずに笑っている。若だんなも笑うと、しかし安野屋が、偽物を作ったのではないと言い切った。

「安野屋さんが辛あられを売りたいなら、栄吉にそう言えば、売れました」

他のあられ屋や料理屋では、権三郎と同じく、栄吉の作り方を見る事が出来ない。よみうりには三春屋や、若だんなの名もあったが、本物を沢山売っている時に、わざわざ偽物を作る意味はない。

「となると、誰が偽のあられを作ったか、限られてくるんですよ。ただの偽物ならばともかく、辛子味噌あられもわさびのあられも、大層本物と似てました」

あれを作った者は、栄吉が考えた作り方の書き付けを、見ているに違いないのだ。

となると。

「私は、偽辛あられを作ったのは、安野屋にいるお人だと思います。今日も栄吉が、新作のあられを作るというので、奥のこの部屋を窺っていたのでしょう」

それで紀助が板間へ入り込んだ事も、気づいたのだ。だから栄吉が残して行った書き付けを、紀助が破り捨てようとしたとき、その男は止めに入る事が出来た訳だ。

つまり。

「九郎さん、私はあなたが、栄吉のあられを真似たんだと思ってます」

若だんながそう言った途端、安野屋の奉公人が睨み付けてくる。すると、よみうりに腹を立てていた兄や達が、今日は容赦なく九郎を押さえ、そしてさっさと、懐から紙入れを取り出した。

並の奉公人であれば、己の部屋などなく、寝るのも荷を置くのも大部屋の内だ。よって大切で小さなものは、身につけているものと相場が決まっていた。

「ああ、ありました。やはりこの男、栄吉さんが考えた辛あられの作り方を、書き写していたようです」

　栄吉は安野屋で、九郎と一緒に奉公しているのだ。試しにあられを作っている時など、分量書きを出したままでいた時も、あったに違いない。ちょいと用でも頼み、その間に書き写すことくらい、同じ家に住む者であれば出来た筈なのだ。

　安野屋が大きく溜息をつき、とにかく九郎へ、何故やったのかと問う。すると九郎は暫く黙っていたが、佐助が拳固を見せると、金を貯めたかった、先々店を持ちたいのだと話し出した。あられを作るのに、大きな作業場はいらない。九郎は親が暮らしている長屋で、他出をした時に、こっそり作っていたらしい。

「おれには、親の店なんかないから」

　栄吉の悩みは、九郎からしたら贅沢なものなのだ。

「あられを売りたいなら、なぜ栄吉のものとそっくりな味にした？　自分の味を作って、出せば良かっただろうに」

　丁度、辛あられが売れている時であった。別の味のあられも、買って貰いやすかった筈だと、安野屋が言う。

　ここで九郎は、顔を顰めた。

「おれも、そう思った。けど、似た様な味を作って売ったのに、あんまり売れなかったんだ」

ちゃんと辛くて、酒の肴に向いたあられだった筈だ。だから、もっと売れても良いと思うのに、何故だか九郎のあられは売れ残った。すると、餅代や醤油代などが無駄になるから、利が出ない。気がつけば、持ち出しになってしまったのだ。だから。

「人の新作をそっくり真似たのか。それが、菓子職人のやることか！」

ここで安野屋は、若だんなや栄吉が止める間も無く、九郎へ拳固を振り下ろした。

「うわっ、痛そうや」

すると、辛あられの偽物と関係ないと分かったのに、兄や達が紀助を睨み付ける。ちょいと思い出した事があったと言い出したのだ。

「一つ聞きますが。以前、大当たりの妙なよみうりを書かせたのは、紀助さんですか？　あれも九郎さんがやったこととは、思えないんですが」

「は？　何や、それ。いやっ、知りまへん。ほんまです」

九郎も頭を庇いつつ、首を横に振っている。たまたま、妙なよみうりが重なっただけかと、佐助が渋い顔を作ると、側でお千夜が泣き出した。

「やれ、この件はこの後、どうやって収めればいいんでしょうね」

仁吉が口をへの字にし、若だんなにも確かな考えは浮かばなかった。

だが、とにかく一つ、定(さだ)まった事があった。もう辛あられの偽物は、出る事はない。それだけは確かな事であった。

後日また、長崎屋の離れへ沢山の菓子が届いた。安野屋と三春屋からで、事の始末を書き記した、栄吉からの文も付いていた。

すると、佐助がお茶を淹(い)れるのも待たず、大勢現れた妖達が、盆に盛られた菓子へ飛びつく。

「きゅいっ、美味しいお菓子が一杯。鳴家は沢山食べるっ」

「ああ、辛あられもあるんですね。栄吉さんの作ったものでも、これは歓迎です」

「おい場久(ばきゅう)、この屏風のぞきだって、そこまではっきり言いはしねえぞ。まあ、本音じゃそうだけどな」

妖達は勝手を言い、どこかから酒まで調達してきて、機嫌良くお八つを食べている。もぐ、もが、ばくばく。

その横で若だんなが、文の中身を皆へ伝えた。

「あの九郎って若いお人だけど。安野屋さんと栄吉が話し合って、そのまま店に居ていいと決まったんだって」

　勿論、偽物のあられを作り、売った事はとんでもないが、九郎は既に、大いに罰を受けていたのだ。あられが大量に悪くなったので、売った相手から掛け売りの金を払ってもらえず、結局かなり損をしてしまったらしい。

　それに桶職人の三男坊で、親の長屋へ帰しても、九郎には出来る事がない。金の無い者を首には出来ず、帰すに帰せず、結局手元に置き、安野屋が厳しく目を光らせるしかないという事になったのだ。

「おやまあ。安野屋さんも、大概人の良い事で」

　今回は、若だんなが巻き込まれているので、兄や達の言葉は厳しい。一方、紀助とお千夜だが……こちらの件は、はっきりと答えが出た。

「お千夜さんは、紀助さんと添う事になったんだって」

　そして何と、お千夜と紀助だけではなく、権三郎夫婦も揃って、上方で暮らす事にしたというのだ。今回の件で権三郎は、同じ菓子職人らに迷惑を掛け、気恥ずかしさを感じてしまったらしい。ならば孫に会いたくもあるし、いっそ皆で西へ向かおうという話になったのだ。

「きゅい、遠くに行くの？」

「おやおや。最初は娘達に、江戸者以外の男と添うのは、駄目だと言っていたお人がねえ」

先の事は分からないものだと、佐助が笑う。

「栄吉さんは、きっぱりお千夜さんを、思い切ったんでしょうか」

おしろが問うてくるが、さすがにそればかりは書いていない。若だんなにも分からない。一つだけ確かなのは、三春屋ではこれからもあられを作りたいので、長崎屋に売りさばいて欲しいと栄吉が言ってきた事であった。

安野屋の主が言っていたように、売れ続けていればじき他からも、それなりに売れる味のあられが、少し安い値で出てくるだろう。そういうとき、小さな菓子屋である三春屋だけでは、きっと直ぐに困ってしまう。

「うん、ちゃんと長崎屋が売らなきゃね。栄吉にも、また工夫してもらおう」

三春屋のあられがこの先も売れて、店を続けていく事が出来るように。そしていつか栄吉に、また良いお人が見つかった時、二人が店を継げるように。

「栄吉なら絶対、その内、似合いのお人が見つかるよ」

若だんなが頷いたその時、離れで急に、大きな声が上がった。

「きゅんべーっ、これ、栄吉さんのお菓子だっ。餡子(あんこ)入り！」

「えっ？」

「わあっ、本当だ。今日の菓子の中には、栄吉さんの菓子が混じってるぞ」

屛風のぞきがごくりと饅頭を飲み込み、急ぎお茶を口にしている。栄吉が作る菓子は、日によって差が大きいが、今日の品は結構凄まじい味らしい。

「ぎょんいーっ」

しかもわざとか、たまたまか分からないが、何故だか安野屋が作った菓子と、混じっているようなのだ。すると直ぐに、上手く選べるかどうかの興奮を、妖達が楽しみ始めた。

「見た目で見分けがつくだろう。栄吉さんの菓子だぞ」

「金次さん、最近は、そうもいかないお菓子があるんですよ。はい？　でも手に取ったそれは、大丈夫なんですか？　なら、食べればいいと……あらあら」

おしろの目の前で金次がひっくり返ると、部屋の中が一瞬涼しくなる。すると仁吉が、今日は暑いので、これは都合が良いと言い出した。そして金次へ、若だんなの為に暫く、栄吉の菓子を食べ続けないかと言ったのだ。

しかし貧乏神が、兄やの口に菓子を突っ込むと、珍しくも仁吉が直ぐ、己の言葉を引っ込めた。

「栄吉さん、あられ以外を売る気なら、まだ安野屋を辞めてはいけませんね」

仁吉が断言し、さすがに驚いた佐助が、どれ程なのか確かめようと、菓子の山へ恐る恐る手を伸ばす。

笑い声が響いた。

長崎屋の怪談

1

江戸の通町は賑やかな大通り沿いにあり、道の両側には、大店がずらりと軒を並べている。そして、そんな店の裏手には、小さな店や沢山の長屋が並び、町を形作っていた。

廻船問屋兼薬種問屋、長崎屋の裏手にも、若だんなが持っている二階建ての長屋や、貸家の一軒家などがある。そして今日はその一軒家の板間で、噺家の場久が、一席聞かせる事になっていた。

風鈴の音を聞いても、金魚を見ても毎日暑くて、誰もが、なかなか寝付けない日が続いている。よって若だんなは、ろくに食べられなくなってきたのだ。

途端二人の兄や達が、江戸と日の本に一大事が起きたと、真剣に騒いだ。しかし兄や達でも、夏を涼しくする事は出来ない。若だんなはのぼせて、食べられないままだ。

大事であった。

すると噺家の場久が、ではひんやりとする怪談でも、一軒家で語りましょうと言ってくれたのだ。そこの板間であれば、夏の暑さに負けている若だんなでも、気軽に顔を出せる。

「場久の出ている寄席は、ちょいと遠かったりして、なかなか行けないもの。楽しみだよ」

若だんなが離れで嬉しげに言うと、金次が碁の相手をしつつ笑った。

「ひゃひゃ、夏の暑さを吹き飛ばし、ついでに恐くて、夜、眠れなくなるかな」

何しろと金次は言う。場久の本性は人ならぬもの、悪夢を食べると言われている獏なのだ。そして貧乏神の金次や、猫又のおしろと一緒に、裏手の一軒家に住んでいた。

「人が夢でうなされるほどの恐い思いを食べ、寄席で噺家として、それを吐き出してるんだ。そりゃ、場久の怪談は恐いさ」

すると、離れにわらわらと小鬼達が湧いて出て、金次の言葉に頷く。長崎屋は、妖との縁が深いのだ。

「きゅい、寄席でお饅頭食べたい」

「場久が話すんなら、おれも行くかな」

小鬼と屏風のぞきがそう言うと、後ろで、おしろが頷いた。

「あら、大勢さんがおいでなら、お茶くらい用意しておかなきゃね」

「きゅげ、きっと一杯来る。長屋の人や、日限の親分が来る。化け狐も河童も羊羹もお団子も来る」

鳴家達が深く頷くと、若だんなが笑い、一軒家の寄席には、三春屋のお団子を沢山持っていくと、小鬼に請け合った。

そして。

いよいよお楽しみの日、夕刻を待ってから、若だんな達はいそいそと一軒家へ向かった。怪談を語るのだから、日が暮れ行灯を灯してから、場久は語るのだ。おしろや場久達が板間に木箱を幾つも並べ、上から大きな風呂敷を掛けて、高座を作っていた。

そして両脇には、蠟燭を灯した燭台が置かれている。

「わあ、本物の寄席みたいだ」

円座に座った若だんなが嬉しげに言うと、袖の内で鳴家達が、金平糖片手に何匹も頷いている。そして鳴家が言っていたように、今日は若だんなの他にも、板間へ大勢が顔を見せていた。

「なに？　噺家の場久さんが、一軒家で語るのかい。ならばおたえと一緒に、私も伺おうかね」

そういって、まずは長崎屋の主夫婦が、息子の隣に腰を下ろした。

「今日は、いつもおいでの同心の旦那、岡安様も、おさそいしたよ」

多分、ちょいと遅れておいでになるという。勿論、反対側には兄や達、仁吉と佐助が揃う。

すると、どこから話を聞きつけたのか、日限の親分が、他の岡っ引き達と一緒に、ちゃっかり顔を見せてきた。そして鳴家達が、頑張って取られないようにしているにも拘わらず、板間に置かれた団子へ手を伸ばし、家の主のような顔で、連れてきた親分達へ勧めているのだ。

「才蔵に、忠吉の親分、今日の団子は、近くの三春屋のもんだ。食いねえ、結構美味いよ。茶もあるからさ」

「ぎゅべーっ」

「日限の親分、まるで己の家に、居るみたいに言うねえ。ここは場久さんの家だろうに」

「才蔵の親分、この一軒家は、長崎屋の若だんなのもんなのさ。だからこのおれは、いわばまぁ、ここの身内みたいなもんだな」

「はは、自分を大店の身内と言うとは、恐れ入った。手柄を幾つもあげてる親分は、言う事が違う」

大店で、大枚を使い込んだ奉公人を見つけたり、込み入った謎を解いたり。日限の親分は、せっせと長崎屋の離れへ顔を出しているせいか、手柄をよく立てるのだ。

おかげで最近、日限の親分を使っている同心見習い坂之上は、お奉行からも褒められている。よって他の親分達は時々、情けない目に遭うと、才蔵が愚痴った。

「おれは先に、岡安の旦那が追ってる辻斬りの隠れ場所を、見つけたんだがね。同心の旦那はそいつを、取り逃がしちまったんだ」

そうなると同心も、仲間内で肩身が狭い。その為か才蔵は岡安から、あれは才蔵の告げた隠れ場所が間違っていたと、嫌みを言われてしまった。特に今回は、同心達が集まった所で言われたものだから、辛かったという。

「日限の親分を使ってれば、自分だって手柄を立てられるのにと、旦那が言ってたよ」

すると忠吉が苦笑を浮かべ、団子を手に取った。

「あぁ、おれも十手を頂いてる大林の旦那から、愚痴を言われた。ああいうのは疲れるな」

「ぎょんベー」

「これでもお勤めは、必死にやってるんだがね。まあ辻斬りの事は、仕方がないんだ。岡安の旦那が隠れた先に行った時には、もう居なかったんだと」

「才蔵さん、そりゃあ運がなかったな」

岡っ引き二人から溜息が漏れた。

「だから今、辻斬りの居場所を、調べなおしてるんだ。日限の親分みたいに、手柄をあげたいからね」

日限の親分が慌てて場を取り繕う。

「だからほれ、今日は気晴らしに、寄席に誘ったんじゃねえか。まあ団子でも食え」

しかし、団子が妙に早く無くなっていくなと、親分は首を傾げている。その横には、近所の二階長屋に住み始めた、店子の番頭さん達が来ていて、おかみさん連れの人も多かった。

「おんや、誰が一番美人かね」

近くに住んでいるから、金次達はかみさん達の名を知っていた。おしろと鈴彦姫が、藤兵衛が買ってくれた甘酒を出した後、それぞれに断じた。

「美人は、一番右ですね。おぬいさん」

「あら、お徳さんが綺麗です」

「きゅい、みんなお菓子持ってない」

話が盛り上がっている所へ、河童や化け狐も来て、天井に鳴家達が集うと、板間は一杯になった。

するると場久が、扇子片手に板間へ現れたので、かけ声が掛かり座が沸く。場久は、仮作りの高座にちょんと座ると、端に己の甘酒が置いてあるのを見て、にこりと笑う。そしてやんわりと話し出した。

「えー、そろそろ夏の日も暮れて参りましたが、まだまだ暑いですねえ。ええ、こんな日に甘酒を頂けるとは、疲れが飛んで嬉しいです。ゆっくり飲みながら、怪談でひんやりしていただきたいですな」

場久の語りはもの柔らかだったが、その声は既に、何やら冷たいものを含んでいる。そして場久は、日の本では古より時々悪夢を見る者がいると、話を切り出した。

「例えばある言葉にとっ捕まると、恐い夢を見たりする事が、あるようでして。この言葉は、恐くってね。深く見込まれると、ただじゃ済まないんですよ」

それは、悪夢を食う獏が、よく恐ろしい夢の内で出くわす、〝大あたり〟という言葉だと聞いて、若だんなは少し首を傾げた。何だかどこかで聞いた事が、あった気がしたからだ。

しかしそれを思い出さない間に、場久は話の先を語っていく。

「なに、〝大あたり〟ってぇのは、悪いばかりの言葉じゃないんです。あたったのが富突(とみつき)の当たり籤(くじ)だったら、そりゃ目出度(めでた)い話になりますよね」

ただ、悪夢の中に散らばっている〝大あたり〟は、とんでもない不運を持っていると、場久は言う。僅(わず)かな風が板間を吹き抜け、行灯の灯が揺れた。

「そしてね、最近、そのとんでもなく不運な〝大あたり〟を、引き当てちまった者もいたんです」

その不運と縁が出来てしまった一人は、ある二十歳前の若者であった。

「名は聞いてないが、名無しじゃ呼ぶにも不便です。というわけで、この若者を一助(いちすけ)と呼びましょうか」

一助は隅田川の東の生まれで、振り売りだったが、いずれ商いの盛んな大坂へ行き、立身したいと願っていた。だが、何しろ暮らすだけで精一杯、旅をする金子(きんす)もない。

「その上身内や、幼なじみの娘……おきのと呼びましょうかね。その娘は、上方行きに反対してました」

おきのはそろそろ年頃だったから、一助と江戸で、所帯を持ちたいと望んでいたのだ。すると周りの皆は、一助は恵まれている、身を固めろと言い出した。

何しろおきのは茶屋の看板娘で、かわいかった。そして小さい頃から、ずっと一助に惚れており、とにかく一助一筋であった。お武家から申し込まれても、お店の旦那に好かれても、見向きもしなかったのだ。

「だからですかね。一度、一助に江戸でよい奉公先が見つかった時も、おきのは嫌がりました。で、一助の親に頼み込んで、勝手に話を断っちまったんですよ」

お店へ奉公などしたら、会える時が減る。その上、通いの番頭になるまで、所帯を持つ訳にはいかなくなるからだ。

「でもねえ、一助にはおきのの勝手が、辛く思えたようで。一助には志があった。いつか己の店を持ちたいと、頑張ってたんです」

働き出した後も、一助は読み書き算盤の稽古を、真面目に続けていたのだ。そして。

「一助はある日、ふらりと江戸から出ちまったんですよ。ええ、金は無いままです」

とりあえず伊勢へ抜け参りする事にして、西へ向かったのだ。信心の伊勢参りなら、目印の柄杓を持っていれば、道中周りから施行を受けられる。そう耳にしたら、己を止められなくなってしまった。

伊勢までは歩いて、十五日程の旅だという。それから更に四日か五日歩けば、大坂へ行ける筈であった。無茶を承知の思い込みが一助を動かし、とにかく西へ向かわせた。

「まあ一助にも、分かってたんでしょう。おきのはかわいい。だがおきのと添う気なら、店を持つ事は、諦めなきゃいけないってね」

だから、諦めきれない一助は江戸から、いや、おきのから逃げたのだ。

ここで場久が、ふっと笑う。そして何故だか順に、板間の客達の顔を見てから問うた。

「逃げ切れたと思いますか？」

「えっ……」

皆が息を呑んだ所で、場久はまた、変わらぬ口調で語ってゆく。

「するとね、一助は旅に出て三日経ってから、夢を見るようになったんですよ」

話し出した時、場久の声は一段、低くなっていた。そして再び、行灯の灯が揺らいだ。

2

一助が江戸を出て三日後。

多分それは、一助が当分……もしかしたらずっと家へ戻る事はないと、江戸にいる縁者や知り合いが、承知した頃合いであった。一日や二日なら、岡場所にでもいるのかもしれない。だが一助の懐具合だと、三日働かずにいるのはおかしかった。場久はそう言って、高座の上で頷く。

「人、ひとりが消えたんです。残された者はどう思ったんでしょうね。最初は不思議がり、次は心配し、それから……」

勿論一助も旅に出た当初、その事を考えはした。皆が思いつくだろう話は、一助が無謀にも、金も無く西へ向かったか、どこかで喧嘩にでも巻き込まれ、堀川へ沈んだか、だ。

だが一助は生きているのだから、日が過ぎても、江戸の川に土左衛門は浮かばない。江戸の皆にはその内、一助が西へ旅立った事が、分かる筈であった。

「長屋や茶屋の客達は、残されたおきのを慰めるでしょう。一助なんぞ早く忘れて、次の良い男を捜すよう言う筈なんですよ」

だから一助は旅に出ると、先に待つ大坂での暮らしに気持ちを向けた。やっと、長年の夢へと踏み出したのだ。

「ところが、です」

　場久の顔が、不意に若だんなを見た。

「三日目の夜、野宿をした一助に、肝を冷やす事が起こったんです」

〝大あたり〟を引き当てた。

　一助は妙な夢を見たのだ。

「ええ、夢の中でね、女に追われたんですよ」

　まだ一助とは、少しばかり離れた所にいるようで、女の顔は見えない。なのに、何故だか追ってくるのが、女だと分かるのだ。そして一助はその晩からずっと、同じ夢に取っつかれる事になった。

「道中毎晩、必ずです」

　その夢は見たくないと思っても、寝ない訳にもいかない。寝れば、同じ夢を見る。一助は毎晩、繰り返し追われ続けたのだ。

「一助にもじき、これはただ事じゃないと、分かってまいりました。ええ、直ぐにおきの名が、頭を過ぎったんです。けれど、おきのはただの娘っこだ。人の夢に入り込める訳もないと、一助は首を横に振った」

　だが誰に追われているにせよ、恐ろしい。よって一助は夢の内で、ひたすら逃げるか分からないからだ。
事にした。下手に追っ手と向き合い、縁を作ってしまうと、どんな災難が降ってくるか分からないからだ。

「ただねえ、追ってくるおなごの方も、簡単にゃ逃がしてくれません」

おなごと一助の攻防を、場久は、夢の内に居るかのように語った。一助は必死に逃げたが、おなごはじりじりと間を詰めてくる。じき、一助を呼ぶ声が聞こえ出し、夜ごと、段々大きくなってきているのだ。

若だんなは両の手で、着物の膝を握りしめた。鳴家達は袖の奥へ潜り込み、手拭いに隠れたが、それでも場久の話を聞き続ける。

「一助は、夢の内で逃げた。起きたら、ひたすら歩く。夜はまた逃げた。すると毎日そうしている内に、痩せてきましてね」

寝ても覚めても、ずっと歩いたり走ったりしているのだ。草臥れ果て、夢の内で駆ける事が出来なくなると、おなごに捕まる恐さから、一助はもう眠れなくなった。そして夜中も必死に街道を先へ進んだが、宮の宿という宿場まで来た所で転び、暫く立ち上がれなかった。寸の間、気を失っていたのかもしれない。すると。

「誰かが一助の背に、負ぶさってきた。ええ、総身が冷たくなっていく……」

「ひえっ」

己の悲鳴で目覚めたその時、一助は二つ目の〝大あたり〟に巡りあった。目の前に、大きな鳥居を見たのだ。この世には怪異がいるが、神もおわす。それを思いだし、もう一度、立つ事が出来た。

「一助はその宿が、熱田神宮の門前町である事など、さっぱり知りませんでした。ですが丁度困り切って、にっちもさっちもいかなくなった時、神宮へ行き着いていた。それを、神のご加護だと思ったんですよ」

宮へ向かい震えたまま縋ると、応対して下さった神職が、気を静めよと言い何やら唱えて下さった。途端、一助の身がふっと軽くなる。助かったと思い、涙が溢れてきた。

「ほうっと安堵の息を吐いた時、何日もろくに寝ていなかったものだから、一助の総身から力が抜けまして。で、真っ昼間だってぇのに、一助は神宮の廊下の端で、あっという間に寝てしまったんです」

すると、だ。とんでもない事が起こった。

「ええ、おなごの声が、またしても聞こえてきたんですよ」

いや、先程背で感じたように、とうとう追いついてきたらしく、おなごはぼんやりとした影を見せ、一助へ語りかけてきた。おなごは神宮の内に入って来たくらいで、消えるものではなかったのだ。

「一助さん、あたし……」

「お前、おきのなのか?」

一助はその時、夢の内で女へ、初めて返事をしてしまった。やはり思い浮かぶ名は、おきのしかなかったからだ。

「だが、怪異と口をきいたのは拙かった。あれだけ重ねてきた用心が、ふいになっちまった。ついに一助は悪夢に、本当の意味で〝大あたり〟しちまったんですよ」

名を得ると、ぼんやりとしていた影がおきのの姿となって、一助の側に現れたのだ。その顔は、拳一つ分も離れてはいない所にあった。おきのは、逃げ出す事も出来なかった一助へ、二度と忘れられない声で告げた。

「あたし、あきらめないから」

「ひいいっ」

死にものぐるいで、必死に逃げ出した。

だがまた、追われた。

きっとおきのは、一助がどこへ逃げても諦めないと分かった。一年経っても、忘れてもらえないに違いない。夢の内に現れたおきのなら、三年経っても、覚えているのだろう。五年……いや、十年経っても駄目だ。三十年経って、一助がいい歳になり髪に白いものが混じっても、それでも忘れてもらえないのだ。

おきのは忘れない。一助の事を諦めず、夢の内でいつまでも追いかけてくる。

「おれが死んだら、どうだ？」

そう考えた時、一助は、顔が引きつるのを感じた。

「もし、死んでも……それでも諦めてくれなかったら」

もう目覚める事のない夢の中で、一助はずっと追われるのだろうか。次の日など来ないまま、常闇のなかを終わる事無く、逃げ続けるのだろうか。

逃げて、逃げて……しかし死ねば、二度と夜は明けないから、おきのは永劫、後ろから追ってくる事になる。追いつかれたら、どうなるというのか。いやきっと、その内追いつかれてしまう。

「恐い。ああっ、恐いっ」

ここで場久がふわりと高座で膝を立て、身を乗り出す。板間の者達が、揃って身を仰け反らせたその時、場久は皆の背後を指した。

「ほらっ、後ろにいるよぅっ」

「ひゃあっ、もう駄目だっ」

板間で思わず漏れた声は、誰のものであったのか。しかしそれきり、他の声は聞こえない。そして……場久がゆっくりと座り直すと、皆は息を詰めたまま、その姿へ目を向ける。

すると場久は、凜とした声を出した。

「ここは神の庭ぞ。勝手に入るは何者か！」

突然厳しい声が響き、一助は目を覚ましたのだ。

「目を開けると、見えたのは、凜とした神職の姿だけでした。おきのは……消えていました」

神宮の内にいたので、助かったのだと分かった。一助は暫く、ぼろぼろと涙を流し続けてしまった。

「その後一助さんは神職へ、おきのとの事を全て話しました」

そして、互いに納得してから旅に出なかったことを、神宮の神へ詫びた。逃げてしまった事を許して下さいと、頭を垂れたのだ。

「すると神職は一助に、御札を下さいました。ええ、一助は、やっと追われず眠れるようになったんです。一助は生涯、その御札を離しませんでした」

場久の声が、ぐっと落ち着いたものになってゆく。

「その件の後、神宮の辺りでは暫く、一助と恐い夢の話が語られました」

そして宮前の町では、こう口にする者が増えたと言う。

「獏食え、獏食え」

とんでもない〝大あたり〟、おきのの恐い夢も、悪夢を喰う獏に食われて消えて欲しい。皆、そう願ったわけだ。

「これに限らず、世の中には、驚くような悪夢が転がってるもんで」

まあ悪い事は出来ないように、なっているのだろうと、場久は言う。

「ちょっとした出来心が、悪夢を引き寄せちまうかもしれやせん。今日大丈夫でも、明日は、大あたりをしちまうかも。ですから、人に言えない事を、やっちまいましたら」

どうぞ、逃げ切って下さいやし。

場久はそう話を括ると、高座で深く頭を下げた。そして今宵の怪談〝大あたり〟は、これにて終わりますと言い、噺を終えたのだ。

寸の間、一軒家の板間は、ひんやりとした静けさに包まれていた。だがしばしの後、軋むような声が響く。

「きゅべーっ、場久。一助さん、どうなったの？」

　皆は、誰が問うたかという事より、場久の答えを知りたくて、耳を澄ましている。場久は一寸笑うと、いつもの寄席であれば、後から言う事じゃないがと言いつつ、高座で噺を付け足した。

「一助はその後、無事大坂へ着いたんですよ。ええ、算盤が得意でしたんで、ある小店へ奉公出来たとか」

　そこで商いをじっくり覚え、奉公先の店を大きくし、一助は主の信頼を得た。しかし時が経ち、自分の店を開こうという時になっても、一助は江戸へ帰らなかった。

「おきのが、今でも諦めていなかったら恐い。だから戻れない。そう言ってたとか」

　一助は大坂で家族を得て、ずっと真面目に働いた。そうして御札を大事に持ったまま亡くなると、御札と共に荼毘に付され、この世から消えたのだ。

　その後、商人となった一助の息子が江戸を訪ねた時、形見の品を寺へ収めた。すると。

「御札が、この世から失せたせいでしょうかね、この形見が江戸へ戻った時から、〝大あたり〟の悪夢を繰り返し見てしまう人が、出だしたと噂されています」

「このお江戸で、また〝大あたり〟が出たのか」

誰の声かも分からない、つぶやきが聞こえたのだ。

場久は、親の金を使って人殺しの罪から逃げたものの、〝大あたり〟の悪夢に捕まっている者がいると、そう口にした。また丁度今、大枚をだまし取っている者は、毎夜悪夢の内で、その金を引きずりながら、亡者から逃げているとも言った。〝大あたり〟の悪夢は、本当に蘇っているのだ。

「おきのさんが、今でも生きているからか。それとも一助さんとの話は、もう覚えている人もいない昔の事で、思いだけが江戸に残っているのか。ええ、分かりません」

しかし〝大あたり〟は確かに今も、このお江戸のどこかにある。場久はそう続けた。

「これは誰にも分からない事ですが……こうも人並み外れた夢を見せたんです。おきのさんは元々妖で、人の姿を取っていたのかもしれないなんて、思ったりしましたよ」

それともおきのは人のまま、生き霊にでもなっていたのだろうか。

「ここまで強い思いを残すなんて、おきのさんは一体、何者だったんでしょうね」

とにかく今言いました通り、皆さんもお気を付けなすって。場久はそう言い重ねると、再び深く頭を下げ、今度こそ高座から降りた。

すると、日限の親分がぶるりと身を震わせ、横に座った場久へ問うた。

「つまりその、恐い恐いおきのさんの夢だがね。今夜にでも、おれが見ちまうかもしれねえって事かい？」

横にいた岡っ引き達が、顔を引きつらせている。場久は甘酒を手に、ゆっくりと頷いた。

「ええ、そうなりますねえ。なあに運が良ければ、良い方の大あたりと出会えますよ」

板間で何人かが小さく頷いたが、やはり怪談の後でまだ恐いのか、後ろの庭へ目を向けた。だがそこにあるのは、もうすっかり暮れ、暗くなった夏の庭だけであった。僅かに風が出てきたせいか、夕刻より涼しくなっている。

やがて皆、場久へ口々に礼を言うと、板間から立ち上がった。面白かった、またいつか語っておくれとねだってから、夜の中へと帰って行く。着ながし姿の武家も、戸口へ向っていたので、岡安同心は、途中で来ていたようであった。そして。

「あっ」

皆と帰り、離れへ着いた所で、〝大あたり〟という言葉をどこで聞いたか、若だんなはようよう思い出したのだ。

先に栄吉が辛あられの件で、とんでもない目に遭った頃、確かその言葉に出会っていた。

3

それから十日程、後のこと。若だんなが縁側の金魚鉢から、ずぶ濡れの鳴家を拾い上げ、拭いていると、金次とおしろが場久を連れて現れた。

驚いた事に場久は、一目見て分かる程、ぐったりしていたのだ。

「場久、どうしたの？」

仁吉が直ぐに離れの部屋に寝かせたが、礼を言う声が小さい。若だんなが眉尻を下げると、横に座った金次が口元を歪め、事情を語り出した。

「あのなぁ、若だんな。場久は今、ちと厄介な事になっちまってるんだ」

先日、一助とおきの噺を、一軒家で語った後のこと。場久は何と、噺の中の一助のように、誰かに追われ出したというのだ。

すると仁吉が、片眉を引き上げる。

「場久は獏だ。悪夢を食う為、夢から夢へ渡り歩く者だよな？」

その獏を、夢の内で追いかける者とは、一体誰だと言うのか。問われると、場久は少し身を起こし、弱々しく首を横に振った。

「あの、高座で語ったみたいに、夢の中で追われてる訳じゃないんです。実はここ何日か、家から出かけるたびに、誰かが後ろから付いて来ている気がして」

場久は今、人のなりをして一軒家に住み、方々の高座へ顔を出している。そして夜はその本性に戻り、獏として夢に入り、悪夢を喰っているのだ。

喰い溜めた悪夢を、やがて怪談という形にして、高座で吐き出している。おかげで、もう腹一杯、これ以上悪夢を食べられないと、悩むことがなくなっていた。

「ええ、噺も悪夢喰いも、上手くいっていました。なのに気がついたら、奇妙な気配が背後から、くっついて来るんです。しかもその気配、妙に剣呑なんですよ」

場久は恐くなって、道端で思わず、影の内へ逃げたくなったという。だが真っ昼間にそんな事をして人に見られたら、とんでもなく拙い。場久が妖だと知れたら、それこそ二度と、高座へ上がれなくなるのだ。

「あたしは寄席で話すのが、好きなんです。お客さんだって、最近はあたしの噺を楽しみにして、来て下さってるのに」

それで用心しつつ、我慢して寄席へ通っていたが、背後の気配は濃くなるばかりだ。

「段々怖さが増してきちまって。そうしたら、夜食べる悪夢の内、誰かに追われる夢を喰うのが、嫌になったんです」

今はそういう夢と、関わりたくないのだ。だが、その手の夢ばかり放っておいたら、残った悪夢の中に、追われる夢が多くなってしまった。場久はしょっちゅう追われる夢に、出会う事になったのだ。

「その為か、寄席で話した一助と同じく、眠れなくなっちまって」

夢に住んでいた獏が、寝られなくなったのだ。場久は一気に弱ってしまい、おしろ達は慌てた。それで薬を貰おうと、長崎屋へ運んで来たというわけだ。

仁吉が、畳に転がった場久を見て、溜息をつく。

「そりゃあ場久に、薬湯くらい出すがね。でも大本の問題を、どうにかしないと駄目だな。でないと場久は外へ出るたびに、具合が悪くなるぞ」

その内、寄席へ行けなくなると言われ、場久が泣きそうな顔になる。仁吉はとにかく、若だんなの薬を一服手に取ると、首を傾げてから、その中身を半分ほど碗に入れた。そして鉄瓶の湯をいつもの倍、注いだのだ。

「ねえ仁吉。お薬をそんなに薄くして、どうするの？　それで効くの？」

「若だんな、場久に飲ませる一服ですから、大丈夫です。薬が凄まじい味でも、妖は死にゃあしません」

「えっ？　仁吉、言ってる事が妙だよ」

だが、薄めた薬湯を一口呑んだ場久は、思い切りむせ込み、しばし話せなくなった。そして頼むから薬を飲まずに済むよう、今回の件を何とかしてくれと、皆へ頼み込んだのだ。

若だんなは溜息をついた後、横にいたおしろへ目を向けた。

「おしろ、場久が起き上がれるようになったら、暫く寄席へ、付いて行ってくれないか」

そしてその時、猫又の仲間に頼み、場久の跡をつけているのは誰なのか、探って欲しいと頼んだのだ。すると貧乏神の金次が、自慢げに、骨の浮き出た胸を反らせた。

「若だんな、実はあたしもおしろへ、同じ事を頼んだんだ。場久が隣の部屋で、毎晩うなされてたんでね。ありゃ、うるさかった」

「金次さん、済みません」

「まあ、いいってことよ。場久を困らせている奴を見つけたら、気合いを入れて祟れるしな」

そういう相手なら遠慮無くやれていいねと、金次がにたりと笑った。若だんなは苦笑いを浮かべ、場久をつけてみて、どうだったかとおしろへ問う。すると。

「それがね、若だんな。場久さんを追っていたのは、まずは、ありふれた男でした」

「まずは？」

同じ猫又の小丸が見つけた男は、若くも年よりでもなく町人の姿をしていた。つまり、誰だか分からなかったのだ。

「済みません。あたしが見つけていれば良かったんですけど。小丸はまだまだ若くて」

それでおしろ達は次の機会を求め、また場久を追った。すると、今度こそおしろが妙な男を見つけたが、また困る事になった。

「あたしが見つけた追っ手は、何とお武家だったんですよ。つまり、小丸が見たのとは別の男なんです」

笠を深く被って隠していたから、顔は分からなかった。着物も、どこにでもある地味な小紋であった。だが一人で歩いていたから、高い身分の侍ではない。

「追っていた者が、二人もいたんだ。場久、揉め事を抱えたりしてない？」

若だんなが金魚鉢の横から問うたが、場久は横たわったまま、首を傾げている。

「あたしは寄席に出ている他は、長く夢の中に居ますから、まず揉め事など抱えません。それに、お武家様と会うのは夢の内か、寄席のお客として、いらした時くらいです」

　つまり、口をきくことすらなかった。

「そうだよねえ。さて、分からない。この先、どうしたらいいのかしら」

　若だんなが困った顔になると、仁吉がさっさと、事を決めていった。

「若だんな、気を揉むと体に障りますよ。場久はとりあえず、今日から暫くの間、離れに寝泊まりするのがいい」

　そうすれば一に、場久へ薬湯を飲ませるのが楽だ。そして二に、よく寝られる薬を飲めば、当分の間、夢を見ず、ぐっすり眠れるに違いない。

「それは……ああ、ありがたいです！」

　早々に寝る為の薬を飲むと、場久はほっとした顔つきになり、やがて畳の上で眠ってしまった。若だんなは、場久にちょっかいを出したがる小鬼をつまんで引き寄せてから、首を傾げ、離れの皆へ問う。

「さて、誰が場久を困らせているんだと思う？　どうすれば、分かるだろうか」

　このままでは場久は当分、寄席へ出られそうにない。追っていた者は町人と武家で、しかも場久を、別々に追っているらしい。

するとこの問いに答えたのは、何と、膝に座った鳴家達であった。

「きゅい、鳴家は賢い。日限の親分に、調べて貰うの」

親分達は先日一軒家で、鳴家のものである団子を、それは一杯食べた。岡っ引きは三人もいたのだ。だからその分、仲間を連れて来た親分が働くべきだと、小鬼達は真面目に言ったのだ。

若だんなは兄やと目を合わせ、直ぐに笑って頷いた。

「そうだね、日限の親分に頼もうか。親分なら同心の旦那に聞いたりして、お武家の事だって、何か分かるかもしれないし」

直ぐに親分へ使いが行くと、いつもの顔が離れへ現れる。おかみさんへの薬と、気前のいい礼金が渡されたから、親分は気安く用を引き受けてくれた。

「何と、場久さんをつけ回す奴がいるんだって？　そりゃ気になる話だ。どこの誰か、何でそんなことをしてるか、知りたいんだね」

しかしと言い、親分は笑った。場久は若い娘っこではなく、若だんなのような金持ちの息子でもない。だから、心配は要らないのではと言ったのだ。

「先日の場久さんの噺は、夢の内で追っかけられて、怖い思いをするものだった。で、あの噺を伝え聞いた誰かが面白がって、真似てるんじゃねえか？」

やられた場久は気味が悪く、たまったものではないだろう。だが、名を知られてきている噺家を脅かして、話の種にしようという者が出てきても、不思議ではなかった。

「とっ捕まえたら、このおれが、説教を喰らわせてやるよ」

多分お武家の方は、場久を追っていた者にでも、用があったのではないか。親分は余裕たっぷりに言った。

「あ、なる程。それで、場久を二人が追っているように、見えた訳ですね」

若だんなは得心し、横で仁吉が笑った。そして、親になった親分は大層頼りになると、珍しくも褒めたのだ。

「そ、そうかい？　うん、息子の為に、頑張ろうと思ってるからかな」

親分は照れたように笑い、帰っていった。

「さて、親分のお手並み拝見」

金次が、若だんなの横へ碁盤を置きつつ、にたぁと笑う。すると、何故だか河童や化け狐、屏風のぞきまで集まって、日限の親分が、追ってくる者を上手く捕まえられるか、賭(かけ)を始めたのだ。

若だんなは困った顔になったが、掛け金が三春屋の団子十本だったので、無茶をしないよう言うだけにした。

場久はぐうぐうと寝続け、何日も夢の内から出て来なかった。

4

「場久、そろそろ悪夢を食べないと、拙いんじゃない？　小鬼達が、離れからお菓子が消えた恐い夢を、見たと言ってたよ」

長崎屋の離れで、若だんなが昼餉を持て余しつつ、場久へ言葉を向ける。すると、こちらはぺろりと、種物のうどんを平らげた場久が、どんぶりを抱えた屛風のぞきと見合い、苦笑を浮かべた。

「若だんな、鳴家らは菓子鉢の中身を、朝の内に食べちまったんですよ。だから中身がないんで、そいつは夢じゃありません」

途端、若だんなの袖内で、鳴家達がぎゅいぎゅい鳴き出した。

「若だんな、悪夢、増えてる。河童が堀川で泳いでたら土左衛門にぶつかって、溺れかけたって言ってた」

だから、それのどこが夢なんだと、屛風のぞきが呆れる。若だんなは笑って、鳴家の頭を撫でた。

「あれ、恐いね。じゃあ鳴家が恐くないように、三春屋へお菓子を買いに行こうか」

「きゅいっ」

鳴家達は嬉しげな声を上げたが、三春屋へ、直ぐに出かける事は出来なかった。横手にある木戸が開くと、中庭へ見知った顔が入ってきたのだ。

「おや岡安の旦那、お勤めご苦労様にございます」

若だんなが少し驚いた顔で離れの縁側へ出て、小者を連れた定廻りの旦那へ頭を下げた。勿論、大店の長崎屋へ同心は顔を出す。しかしいつもは、店表の方へ行くのだ。

岡安同心は早々に、離れに日限の親分がいないか問うた。親分は良く長崎屋へ来ると、聞いて来たらしい。

「はて、今日はお見えになっていませんが」

若だんながそう言ったところ、頷きはしたが、岡安は厳しい眼差しを中庭へ向けている。まるで日限の親分が、どこかに隠れているのを、探しているかのようであった。

「あの……親分さんが、どうかしたんですか？」

どんぶりを横へ置き、場久が心配そうな顔で尋ねる。すると岡安は、とんでもない事を言い出した。

「実はな。自分の使っている岡っ引きが一人、今、行方知れずなのだ。先日怪談を聞きに来ていた才蔵だ」

才蔵は大変真面目な岡っ引きで、妻に知らせず長屋を二日も空けたのは、初めての事であるという。

「女房が不安で、泣きそうになっておる」

周りの者達に聞いた所、日限という岡っ引きが才蔵と親しく、よく話しているということであった。よって岡安は日限の親分が、才蔵から何か聞いていないか知りたいらしい。それで見回りの途中、親分がいそうな場所へ顔を出しているのだ。

「おや、日限の親分さんは、お世話になってる旦那、坂之上様の所にいないんですか？」

長崎屋よりは、余程そちらを訪ねる方が、当人に会えるのではと若だんなが言う。だが岡安は、八丁堀にはいないと首を横に振った。

「岡っ引きや同心達が皆で探しているというのに、日限は、何故だか見つからないのだ」

「は？　大勢で親分さんを、探していなさるんで？」

若だんなが目を見開くと、岡安は恐い様な顔つきをした。

「あの日限が才蔵の後を、つけていたという話もあるのだ。その後才蔵は、行方知れずになっておる」

「………」

岡安は、縁側に座っている若だんなを庭から見据えると、こう言いつけてきた。

「もし、日限が長崎屋へ顔を出したら、引き留めておくように。そして当人に覚られぬよう、近くの番屋から、八丁堀へ使いを出しなさい」

若だんなは驚いて、そっと場久と顔を見合わせた。岡安の口調に、何やら剣呑なものが含まれている。

するとここで岡安が不意に、場久を険しい目で見てきた。仕事もせず、昼間から離れで座っているので、訝しんだらしい。

「場久は、先日才蔵の前で、怪談を語ったという者だな？　おぬし、才蔵の行方を知らないか？」

若だんなが慌てて、場久は具合が悪くて、ここ何日か、長崎屋の離れで寝こんでいた事を告げた。

「ですから才蔵さんとは、会っちゃいません」

獏がずっと夢の内にいたことを、若だんながそう言いつくろう。すると同心は何が気に喰わないのか、口元を歪めた。

「とにかく日限を見たら、知らせるように」

それから岡安は、やっと長崎屋を後にした。店表にいる藤兵衛へは顔も見せず、つまりは店から、挨拶代わりの金も受け取らず、さっさと長崎屋から出たのだ。


長崎屋の離れに、急ぎ妖達が集った。日限の親分が、同心から追われているみたいだと、若だんなが心配したからだ。

ただ賭をしていた金次や河童、化け狐達は、親分が上手く場久を助けられるか、見極めに出たきり帰って来ていない。離れには兄や達とおしろ、屏風のぞきに場久、そして沢山の鳴家達が顔を寄せていた。

「私が日限の親分さんに、場久をつけ回す奴を、調べて欲しいって頼んだんだ。あれこれ調べている内に、才蔵さんを追っかけているみたいに思われて、同心の旦那に誤解されたんじゃないかしら」

だとしたら、若だんなは何としても、日限の親分を助けなくてはならない。

「どうしたらいいのかしら」

すると佐助が腕組みをし、お人好しの親分を疑うあの同心は、ろくな人間ではないと断言する。兄やに言わせると、若だんなを心配させる者は、全て悪なのだ。

「若だんなの具合が悪くなったら、お江戸が吹っ飛んじまいますよ」

「仁吉、話がずれてるよ。ねえ、親分を助けたい。方法はないかな？」

「まず同心の旦那より先に、親分を見つけ出す事ですね。あ、親分が生きてるんなら、ですが」

もし日限の親分がもう死んでいるなら、あれこれ手を打っても、しようがないと言うのだ。若だんなは頭を抱えた。

「死体が転がっていたとは聞かないし、生きてるはずだよ。で、大丈夫だったらどうするの？」

「そりゃ若だんな、まずは親分さんから話を聞かなきゃ」

親分は才蔵を、本当につけていたのか。もしそうなら何故なのかを、聞きたい。同心に睨(にら)まれた訳を、確かめねばならないのだ。

「正直に言やぁ、日限の親分が手柄を立てるのが多いのは、若だんなが調べを助けてるからです」

つまり日限の親分は、世間で言われているような切れ者ではなかった。おまけに親分は、人は良いが腕っ節は強くなかった。

「なのにあの岡安って同心は、自分の岡っ引きが行方知れずだからって、親分を疑ってるみたいでしたね。手柄をよく立てるんで、目障りに思ってたんでしょうか」

佐助が唇をひん曲げた。多分、あの同心の頭の中では、既に親分が悪役に決まっているのだ。

「拙いね。早く親分を見つけなきゃ」

だが見つけても、この長崎屋に匿うことは出来ないと、若だんなは言った。あの同心がまた突然、見回りに来るかもしれないからだ。

「確かに。一旦親分を別の場所へ匿った上で、才蔵さんを探す。うん、これしかないですね」

すると鳴家がとんでもない事を言って、屏風のぞきに頭を叩かれた。

「きゅべ、お墓の中なら見つからない」

「そんな所に押し込まれたら、死んじまうだろうが。人ってのはな、都合悪い事に弱いんだよ」

その時、若だんなが顔を上げ、鳴家を抱き上げる。そして、小鬼の心の臓が早く打っているのを感じながら、兄や達へ問うた。

「あのさ、確かに人一人、隠すのは難しいよね」

なのに今、同心の旦那方は、日限の親分を捜し出せずにいる。才蔵の親分も、見つかっていない。そして才蔵の親分の方が、姿を消してからの時が長かった。

「才蔵さん、無事なのかしら？」

「確かに才蔵の親分は、生きているかどうか分かりませんね」

無事ならとうに見つかってもよい筈だと、仁吉が落ち着いた声で言う。

「ですがもし、その親分さんが亡くなっていた場合、日限の親分さんの立場は、ぐっと悪くなります。才蔵親分に、身の証を立てて貰えなくなりますから」

若だんなは大きく眉尻を下げた。

「とにかく日限の親分さんを、早く探しておくれな。このままじゃ、ずっと夢の中で、追われている気持ちになってしまいそうだ」

長屋へ戻っておらず、八丁堀にもいないのだ。親分が行ける当ては、限られる筈であった。近所の居酒屋や岡場所にいたとしたら、八丁堀の面々が、とうに見つけているに違いない。

「おい、皆、急いで親分を探しな」

佐助が太い声で、どこを探すべきか告げる。どんな時でも兄や達は、若だんなの為に動くのだ。

5

日限の親分を見つけたのは、鳴家達であった。

親分は何と、長崎屋の母屋の縁の下に、潜り込んでいたのだ。

妖達は、若だんなの浴衣を頭から被せ、縁の下からこっそり出して、何とか離れへ連れてきた。親分が素早く奥へ隠れると、急ぎ障子が閉められる。離れの外廊下は影から妖達が見はり、恐い者が庭へ来た時には知らせる事になった。

若だんなと顔を合わせた時、日限の親分の顔は、見たことも無い程強ばっていた。

「若だんなぁ、助けておくんなさい。まるで怪談噺のように、おれは追われているようだ」

部屋で座るなり、親分がそう言ったものだから、湯を出した佐助が片眉を引き上げ、場久が顔色を変える。若だんなは親分に向き合うと、小声で問うた。

「親分さん、どうしなすった。親分さんを探して、同心の旦那が長崎屋へ来たんですよ」

だが親分が、追われるような事をするとは思えないと、若だんなは言う。

「同心の岡安様は、親分が才蔵さんを追っていたと言われました。本当ですか？」

日限の親分は、それを聞いて涙をこぼした。そして追われるまでの一部始終を、止まらない勢いで話し出した。

「若だんなは、場久さんが誰かに跡をつけられてるって言ってたよな。怖がってるから、誰が何の為に場久さんをつけてるのか、そいつを知りたいって言った」

よって日限の親分はまず、同心の旦那や岡っ引き仲間に、人の跡をつける妙な奴を、知らないか問うてみた。しかし、かんばしい話を耳に出来なかったので、今度は寄席(よせ)近くの茶店などへ顔を出し、場久の跡をつけている者を見なかったか尋ねたのだ。

「場久さんは売れ出してる。寄席の側なら、顔を知る者も多いからさ」

つまり、もし場久が追われていたら、寄席近くで誰かが、見ていたに違いないのだ。

すると佐助が、大きく頷く。

「これは親分さん、仁吉から聞いた通り、本当にしっかりされてきましたね。ええ、真っ当で良い調べ方ですよ」

「そ、そうかい？　いや、嬉しい事を言ってくれる」

すると案の定、場久の跡をつけていた者を、何日か前に見た男がいた。男がその時騒がなかったのは、場久の贔屓(ひいき)だろうと思った為らしい。

「おや、そういう考え方もあるんですね」

若だんなが驚いたように言う。親分は茶屋で、どんな者が追っていたのか、見た男から詳しく聞いた。すると一寸、戸惑ってしまったのだ。

「場久さんを追っていた男ですがね、何と、おれの知り合いに似てたんですよ」

驚いた事に話を聞けば聞くほど、その者は、才蔵の親分だと思えてきたのだ。

「才蔵？　きゅげ、一軒家に来てた、岡っ引きだ。団子食べた人」

「きゅい、岡っ引き、団子食べたから、悪い奴なの？」

しかし、たまたま似ていただけで、別人かもしれない。親分はとにかく本人に事情を聞こうと、才蔵を探したのだ。場久が話した怪談の中に紛れ込んでしまったようで、親分は、何やら恐くなったという。

「しかしおれも、親になったんだ。怖がってないで、働かなきゃと思って」

親分は、早く才蔵を見つけ事情を聞こうと、皆と同じように探したのだ。

そうしたら。

「じきに首筋の辺りが、ちりちりしてきてね」

一体、いつからの事か、もう分からなかった。日限の親分は、誰かが己の後ろから、ついてきている気がしたのだ。つまり日限の親分は才蔵を探し、その親分を、誰かが追っている訳だ。何で、追いつ追われつをしているのか、親分には分からなかった。

「まるで場久さんの語った、怪談みたいだと思ったよ」

ひょっとしたら親分がいるのは、既に場久が語る悪夢の中かもしれないと、恐い考えまで浮かんできたという。親分は離れでぶるりと震えた後、一度首を振った。

「だがさ、いや後ろに誰かいるってぇのは、おれの思い過ごしに違いねえ。実は、誰もいなかったりするもんだ。そう思ってね」

怯える者は、木の葉ですら恐いものだ。日限の親分は、そこで腹をくくった。そしてさっと反対を向くと、今来た道を駆け戻ってみたのだ。すると。

「あっ」

思わず短い声が、口からこぼれ出た。親分が戻った事が余程意外だったらしく、驚いた様子の武家が一人、素早く被っていた笠を前へ下げたのだ。顔は見えなかった。

「お武家様……？」

親分は心底驚いたので、足が止まってしまった。すると僅かの間に、武家は人混みの中へ消えてしまう。そして親分は、真剣に悩む事になった。

「悪人を捕まえる側、岡っ引きの跡をつけるお武家ってえのは、一体何者なんだ？」

日限の親分は通りの真ん中で、動けなくなってしまった。

「おれ達、岡っ引きと関わるお武家といやぁ、同心の旦那方だけだ。けど旦那方なら、おれや才蔵をつける必要はねえ」

会いたければ小者でも長屋へ寄越し、呼べばいいだけであった。

それに岡っ引きの中でも、才蔵や日限の親分は、元地回りでも罪を犯した者でもなく、至って物堅い出であった。特に才蔵は、髪結いの妻を持ち、暮らしが楽だったから、同心からお小言を喰らうような、阿漕な真似などしていないと言い切れる。

「場久さんは、どうして追われたんだ？　追っていたのは、才蔵なのか？　あのお武家は誰で、おれは何でつけられたんだ？　分からねえ」

日限の親分は、呆然としつつ、それでも才蔵を捜し続けた。

才蔵を見つけられなかった親分は、住いの長屋へ行ってみたが、才蔵は己の長屋にすら帰って来なかった。日限の親分はそれでも探したが、毎日暑い。手拭いで頬被りをしてから、茶屋へ入って一休みをすると、そこで思いがけない話が耳に入ってきた。

「その茶屋へ、どこかの岡っ引きが使ってる、手下が入って来たんだ。で、客達に何か聞いてたんだよ」

最初、才蔵という言葉が耳に入ったので、日限の親分と同じく、仲間を心配して探しているのだと分かった。才蔵はもう三日、姿を消しているらしい。

　ところがじきに何と、店で己の名前まで、聞く事になったのだ。

「手下達は、確かに才蔵さんの事を心配してた。そしておれの事は……まるで、疑っているかのようだった」

（へっ？）

　いつも親分達が、罪人の聞き込みをする調子で、日限の親分の事を問うていたのだ。手下の話を聞いていると、まるで日限の親分が、才蔵をどうかしたようにも思えてくる。

（まさか。なんの冗談だ？）

　親分はその手下に声を掛けようとして……出来なかった。いつの間にやら事は大事に化けていると、ようよう気がついたのだ。

（何でだ？　どうして、いつの間に、追う者と追われる者が、ひっくり返ったんだ？）

　まさに怪談だと思い、親分は一旦、家へ帰る事にした。早く横になりたかった。女房が作った飯を、食べたかった。

ところが。

長屋が近づいてくると、何故だか今日に限って、辺りに岡っ引きや小者が多くいたのだ。長屋の側には、同心の姿まであった。親分の名前が剣呑な調子で語られている。頬被りはしていたが、このままだと見つかると思った時、思わず総身が震えた。

(何で、同心の旦那までが、おれを探すんだ？　一体どうしておれの名が、才蔵の名と、くっついたんだ？)

夏の怪談に閉じ込められたみたいだと、親分は思った。頭に浮かぶのは、どうしてこんな事になったのかという問いだけだった。

そして親分は、逃げ出していた。長屋へは帰れないのに、どこにも行く所がない。しかし歩き続けるのも恐くて、気がついたら長崎屋へ来ていた。すると客の姿まで恐ろしく思えて、必死に縁の下に潜り込んだ。そして、やっと足を止める事が出来たのだ。

「何で、こんな事になったんだろう。場久さんが恐い思いをした訳も、才蔵さんが消えた訳も、おれが手下達に追われる訳も、何一つ分かりゃしねえ」

本当に、怪談にとっつかれちまったんだろうか。親分はそう言うと、震えてきた言葉を切った。

「親分を、どこかへ隠さなきゃ。長崎屋には同心の旦那が来る。ここじゃ拙いよ」

そうは口にしたものの、若だんなに隠れる場所の当てはなかった。兄や達は若だんなの泣きそうな顔を見ると、いっそ舟で、奉行所のお役人が来ない所にまで、出てしまうのもいいでしょうと口にした。奉行所が取り締まる場所は、きちんと決まっているのだ。

「根岸の里の辺りなら、同心の旦那は廻っちゃ来ません。そこいらに居てもらって、その間に才蔵さんの事を、はっきりさせましょう」

才蔵が生きていれば、親分は関係ないと言ってくれるだろう。死んでいても死体があれば、あれこれ分かる事もあるはずであった。

「とにかく、若だんなへ迷惑を掛けちゃいけません。親分さん、舟を用意しますんで、北へ行きましょう」

長崎屋の別宅へは危なくて行けないが、あちらの方なら、広徳寺の寛朝を頼る事も出来る。佐助がそう言うと、先の話が出来た為か、親分がほっと息をついた。

を話しといてくれるんだね。うん、助かる」

「若だんな、ありがとうよ。でも……ああ、うちのかかぁには、その内こっそり事情を話しといてくれるんだね。うん、助かる」


だが、親分が泣きそうになっている間に、事はまた大きく動いた。仁吉と佐助が、舟を呼ぼうと立ち上がった時、別の騒ぎが、離れへ飛び込んできたのだ。

「若だんな、大変だ。河童のぶつかった土左衛門が起きだして、一騒ぎ起きちまった」


大声を出したのは、金次であった。

「か、河童？」

「おや親分さん、いたのか。河童は嫌いかね。しかし、どうしなすった。堀を流れてた土左衛門と、大して変わらねえ顔色だよ」

「土左衛門て……おれはまだ生きてるよ」


親分は死体が起き出したという話を聞き、河童という言葉など忘れたようであった。金次は、死体の奴、しっかり死んでいなかったようだと言い、顔を顰めつつ先を語った。

「寝かされていた医者の家で、土左衛門が悲鳴を上げたんだ。それで岡っ引きや同心達が、集まってきてね。土左衛門を見つけたおれ達に、あれこれ聞いてきて敵わねえ。

近くだよ。仁吉さん、助けてくんな」

「金次ときたら、騒動を持ち込んで来て、こっちへ始末を押っつけるのか。医者の所にいたって事は、まだ死んじゃいなかったのさ」

仁吉は顔を顰めたが、同心がうろついていると聞けば、舟を呼ぶ訳にもいかない。仁吉はまず、金次と連れだって様子を見に行った。

すると、そういうときに限って、小僧が離れへ佐助を呼びにきた。佐助は廻船問屋長崎屋を背負っている手代の一人であり、仕事は山とある。若だんなは、舟の用意が出来るまで、どのみち離れにいるしかないだろうと佐助を母屋へ行かせた。

離れには、人のなりをした屛風のぞきと場久、親分、鳴家達と若だんなが残ったのだ。すると場久と親分が、ぼそぼそと、追われる恐さを語り出した。

「訳を思いつかなくったって、追われるのは恐いねえ。場久さん、いつぞやは大した事でもないみたいに言って、悪かったよ」

「いや親分さん、気にしないで下さい。でも何で親分さんまで、追われてるんでしょうね」

二人が首を傾げると、若だんなも語り出した。締め切った離れの内では、後は考える事しか出来ないのだ。

「でもさ、今まで考えても、場久が何で追われたのかは、分からなかったよね。親分さんが追われた訳も、思いつかなかった」

ならば才蔵が消えた訳は何か、思いつくだろうか。改めて若だんなから言われ、離れに居た皆が顔を見合わせた。

「あいつは、生真面目な男だしなぁ」

親分がそう言いかけた時、思わぬ者が答えを口にした。何と、屏風のぞきであった。

「才蔵の親分は、辻斬りを取り逃がしたって言ってたよな。だからそいつが戻って来て、才蔵の親分を追いかけ回し、斬ったんじゃないか？」

「えっ、才蔵の親分は、辻斬りと関わってたの？」

若だんなが驚いた声を出すと、怪談噺の夜、確か才蔵自身がそう言っていたと、屏風のぞきは繰り返す。しかしそれを聞いた日限の親分は、首を横に振った。

「ああ、辻斬りの居場所を見つけたが、逃げられたって事は聞いたよ」

奉行所は、捕まえられなかったのだ。

「でもそいつは、同心の旦那が捕まえに行く前に、辻斬りが逃げちまったからだよ。まあ、そういう事もあるさ」

相手も捕まらぬよう、必死に逃げ隠れしているのだ。

「だがね、逃げた辻斬りがわざわざ戻って来て、岡っ引きを斬るなんてあり得ねえと思う。才蔵が逃がした辻斬りを、また追ったっていう話なら分かるが」

若だんなが、少し身を乗り出した。

「追ったら、どうなるかしら」

「辻斬りはまだ、逃げて間も無い。才蔵の親分なら、ひょっとしたら見つけるかもな」

才蔵が、辻斬りと縁の者に、目を付けていたという事もあり得た。辻斬りがその者と、縁を切れないとしたら見つけやすい。

「なら、もう一度辻斬りを見つけて、相手にも見つかって、返り討ちに遭っちまったのさ」

屏風のぞきはそう言い張る。

「だってさ、怪談噺の日、才蔵の親分は言ってたぞ。手柄の多い日限の親分と比べられて、同心方の前で情けない思いをしたって」

「そうだったんだ」

若だんなが目を見開くと、日限の親分が頷いている。才蔵は、やっと自分が手柄を立てたと思ったら、同心の旦那がへまをしてしまったのだ。手柄が消えてしまった。

「だから、もう一度追いかけたのかな」

　しかし、また見つけたにしても、岡っ引きが一人で、辻斬りを捕らえようとするとは思えない。ちゃんとまた同心へ、辻斬りの居場所を言った筈なのだ。若だんなは、日限の親分を見た。

「一度取り逃がした辻斬りだもの。二度目の捕り物となったら、奉行所としても逃がせないよね？」

「そりゃあな。もしまた捕り物となったら、今度は捕らえに行く人数が増える筈だ」

　捕り物は、一対一の勝負ではない。梯子や捕り物道具を多く用い、大勢で取り囲み相手を捕まえにかかるのだ。一旦囲まれたら、そうは逃げられないと親分は言い切った。

　若だんなは静かに頷くと、ここで場久へ問いを向けた。もし場久がこの話を怪談仕立てにするとしたら、話の中で場久を追う者は、誰にするのか聞いたのだ。

　すると場久は、にこりと笑った。

「色々思いつきやすよ。例えば辻斬りが、猫を飼ってたとしやす。その猫が化けて、あたしと才蔵親分に祟るってのはどうです？」

「なるほど、さすがは噺家だ。直ぐに、そんな話を思いつくんだね」

日限の親分が面白がると、場久は嬉しげな顔をして、更に幾通りかの話を考えた。

「その辻斬りに、心ならずも別れた女房がいた。その女の生き霊が、亭主の敵に祟る話も出来やすね」

母親や生き別れの子供でも、同じ筋立ての話を作れる。場久はここで小さく笑うと、同心の旦那に、悪役を引き受けてもらう事も出来ると言った。

「例えば最初、辻斬りが逃げちまった件を、同心が金と引き替えに、逃がした事にします。ええ旦那方は日頃、付け届けをもらう事に慣れていやすからね。大枚を出されたら、つい、貰っちまったかもしれやせん」

だが噺の筋は後日、思わぬ方へ転がるのだ。その同心には生真面目な岡っ引きがいて、わざわざ逃がした辻斬りを、もう一度追い始めてしまう。

「しかし辻斬りが捕まったら、金で同心が逃がした事を、お白州で話しちまうかもしれない。同心の旦那は、焦る訳です」

それで同心は岡っ引きに、他の調べ事をさせた。それで終わったかと思っていたら、ある怪談の席で岡っ引きは、辻斬りを諦めないと言ったのだ。

そうしたら噺家も高座から、悪事からは逃れられないと、妙な話をし始めた。

「噺家は、悪い事をすると、今日大丈夫でも、明日は悪夢に飲み込まれるかもしれない。どうぞ、逃げ切って下さいやしと、わざわざ言ったんですよ」

岡っ引きと噺家。同心には、二人とも自分が辻斬りを逃がしたことを見抜いているように思えたのだろう。辻斬りを逃がし、後悔していた同心は、二人を放っておいては拙いと思ったのだ。

すると、ここで若だんなが場久から、滑らかに話を引きついで語る。

「で、岡安同心は最初に、岡っ引きより簡単だと、噺家の口を塞ごうとしたんでしょうか」

しかし噺家の跡をつけたとき、岡っ引きに見つかり、訳を問われた。才蔵は場久をつける岡安に気がついていたのだ。岡安は言い訳も思いつかず、岡っ引き才蔵を堀へでも突き落としたにちがいない。

だがその内、若だんなが噺家を心配し、別の親分に、事を探らせたものだから、その親分まで巻き込まれてしまった。

横で屛風のぞきが、大いに頷いた。

「ああ、同心が悪役なら、日限の親分に己の罪を押っつけるのは、簡単だからな」

日限の親分が、才蔵を追っているのを見た。同心はそう言えばいい。納得出来たと言って手を打ち、屛風のぞきは場久の顔を見た。

「だからお前さんも親分も、今、追われてるんだな。いや、話が通ったぜ」

「いや、その、これは……怪談だったとしたらの話だけど」

何の証もない話だと、若だんなは夢から覚めたかのように言った。日限の親分は、言葉が出ない様子で黙り込んでいる。

すると若だんなが立ち上がり、不安げな目を表へ向けた。そして部屋に残っていた皆へ、こう告げたのだ。

「この離れから、急いで出ましょう。うちは日限の親分と親しいと、皆、知ってます」

もし今の話が本当であったら、才蔵の親分を片付けた同心岡安は、日限の親分も逃がしはしない。

「親しかった才蔵の親分から、話を聞いているかもしれないからです」

多分ここにいる、親分と話した面々も、同じように狙われる。辻斬りの話を知っている者全員が消えないと、岡安は、悪夢の中にいるような毎日から逃れられないからだ。

つまり、全員を片付けに来る。

「この話がとんだ外れで、何も起きないならそれでよし。後で一杯飲みながら、笑い話をするだけです。でも、もし」

もし奉行所の同心が刀を持って、ここへ乗り込んできたら、若だんな達では太刀打ちできない。太平の世の中で、剣の腕前が確かな武家がいるとしたら、その中に同心の名を上げる者は多い筈だ。捕り物をする事があり、己の腕に命が掛かっているからだ。

日限の親分が、離れで立ち上がった。

「直ぐに逃げよう。岡安の旦那は、腕が立つと評判なんです」

でも、まだ舟の用意はない。どこへ逃げるのかと言われた若だんなは、寸の間考えた後、とりあえず三春屋へ行こうと言った。

「あの店は小店だし、同心の旦那が、いつも寄る先じゃありません。それに、私達が離れに居なかったら、兄や達はあそこなら、探してくれますから」

こうなったら日限の親分だけでなく、ここにいる皆、暫く北へ逃れた方がいい。若だんなはそう言った後、屛風のぞきを見て、兄や達へこの事を知らせてくれと頼んだ。

「大丈夫、屛風のぞきなら岡安の旦那と出会っても、上手く逃げられるから」

「分かった。三春屋で待ってな」

妖が表へ消えると、若だんなと場久、それに日限の親分が、脇の木戸から表へ出た。

三春屋は目と鼻の先だ。だからそこまでなら、無事に行き着く筈であった。

ところが。

「ひ、ひゃああっ、いたっ」

木戸脇の道へ出て、揃って足を踏み出した時、場久が悲鳴を上げた。

裏の長屋へ通じる細い路地から、突然岡安が湧いて出たのだ。

途端、岡安の顔つきが、一気に恐ろしいものに変わる。今の悲鳴で、場久が事を承知していると、分かってしまったに違いない。つまり。

(岡安様は、才蔵の親分を手に掛けたんだ)

そうでなければ岡安が、夜叉のような顔を向けてくる訳がなかった。若だんな達へ、抜き放った刀を見せてくる事も、無い筈なのだ。

「逃げてっ」

若だんなが踵を返した途端、袖口から鳴家が一匹吹っ飛んだ。そして岡安の頭へ、貼り付いてしまったのだ。

「きょげーっ」

慌てたのは岡安か、鳴家の方か。とにかく悲鳴が響いている間に、三人は必死に逃げ出した。大通りの方を塞がれ、三春屋へ向け逃げるしかない。しかし刀を抜いた侍を背にして、狭い店へ上げてもらうゆとりはない。店へ逃げ込む事など考えられなかった。

「わああっ」

場久の泣きそうな声が聞こえる。だがきっと、真っ先に走れなくなるのは、若だんなに違いなかった。足音が側に来た気がする。

直ぐに、刀が振り下ろされてしまうだろう。まるで……場久の悪夢の中で、明けない夜の道を走っているかのようだ。若だんなは思わず、親の名を呼んだ。

仁吉と佐助の名を呼んだ。

(ああ、斬られてしまうっ)

そう思った時。思わぬ声が響いたのだ。

「岡安の旦那っ、止めて下さいっ」

迫っていた足音が、止まった。

もう走れなくなって、若だんなが道でつんのめると、場久が慌てて横から支えてくれる。横で日限の親分が、信じられないものでも見た目で、道の先へ顔を向けていた。

「才蔵の親分だ」

居なくなっていた岡っ引きが、突然道に現れていた。そしてそれを、抜き身を持ったままの岡安が、呆然と見つめていたのだ。

「……何と才蔵、溺れちゃいなかったのか」

岡安は、己の岡っ引きが無事だったのを見ても、かけらも喜んではいなかった。つまり……、先程長崎屋の離れで話していた事は、夢、幻の怪談噺では無かったわけだ。

（もしあの話が本当で、でも才蔵さんが死んでなかったとしたら）

例えば、河童が堀川でぶつかったという土左衛門が、才蔵だったなら。才蔵は河童に拾われ、賭をしていた貧乏神達に助けられ、命をつないだのかもしれない。

才蔵が生きているなら、岡安は言い逃れが出来ない。そして才蔵の後ろには、坂之上同心見習いや兄や達の姿もあった。

「ああ、だから刀を下ろしたんだ」

岡安は今、ただ立ちすくんでいる。同心のそんな姿を見て、才蔵が泣きだし、追われていた日限の親分は顔を引きつらせている。

兄や達が、道の先から駆けてきた。


後日のこと。二人の親分が、離れの縁側で若だんなに、今回の始末を語ってくれた。

その話をするのが遅くなったのは、例によって若だんなが、随分寝付いていたからだ。しかも今回の騒ぎは、奉行所のものが関わっていたということで、長崎屋では両親が怒った。主に歓迎されず、親分は長崎屋へ暫く来づらかったのだ。

それでも日限の親分が才蔵を連れてきて、詫びの菓子を差し出すと、やっと縁側へ出られるようになった若だんなは、それをそっと近くの影の内へ置いた。手柄を立てた鳴家に金つばを渡すと、きゅいきゅいと離れが嬉しげに鳴って、若だんなは小さく笑った。

親分二人はまず頭を下げ、若だんなへ礼を言った。それから、事の始まりは場久が思いついたように、辻斬りを見逃した事であったと話し始めた。

岡安は大層な決意をして、辻斬りを見逃したわけではなかったという。ただ辻斬りが金を出したので、そのまま受け取ったのだ。大騒ぎになるとも、思わなかったらしい。

「岡安様は、乱心したという事になったそうです」

もっともあの騒ぎの後、直ぐに亡くなったので、実際はちゃんと罪の責めを負い、お腹を召されたのかもしれないと才蔵が言う。だが表向きは違う話にして、奉行所は事を収めたのだ。

「おれたち岡っ引きも関わってました。大事にしちまったら、それこそおれなど、どうなったか」

才蔵はそう言いつつ、巻き込んで申し訳なかったと、ひたすら若だんなへ頭を下げる。そして帰る前に、一言いい置いていった。

「おれ、辻斬りを調べ直したりしなきゃよかったです。放っておけば、旦那はまだ生きてた」

いや人殺しを見逃すのが、悪い事だとは分かっている。才蔵の言葉を聞いたら、食ってかかってくる者もいるだろう。でも。

「おれは長年旦那に、可愛がってもらってたんです。今回だって、旦那に褒めて貰いたかった。よくやった才蔵って、言って頂きたくて、やったことです」

自分の岡っ引きも、日限の親分とひけを取らない、立派な岡っ引きだ。そう言って欲しかったのだ。だから。

「無理をしちまった……」

それきり言葉が続かず、自分を堀川へ突き落とし、殺しかけた男の為に、才蔵はぼろぼろと涙をこぼしている。そしてもう言葉もなく、日限の親分と帰っていった。

才蔵にとって当分の間このお江戸は、晴れやかな明け方の来ない、怪談噺の夜と似てしまうのかもしれなかった。才蔵は、とんでもない大あたりを、摑んでしまったのだ。

若だんなが二人の背を見送ると、金つばと共に影から現れた妖達が、離れで首を傾げている。

「あの才蔵って親分、殺されるのが好きだったのかね。何で泣いてるんだ？」

本気で分からないらしく、屛風のぞきは眉根を寄せている。こういうときは、兄や達も何も言わない。

「きゅい、あの涙、何で？」

鳴家達も首を傾げたが、じきに皆、金つばを争って、きゅいきゅい鳴き出した。一かけ手に入れて、嬉しげに食べている鳴家を膝に乗せると、若だんなは泣きたいような気持ちになり、そっと小鬼の頭を撫でた。

はてはて

1

「はて、あたしは何だって、今、この道を歩いてるんだろうね」

江戸でも賑(にぎ)やかな大通りの真ん中、通町(とおりちょう)の片隅で、金次(きんじ)は一人首を傾(かし)げた。

いや、もうろくして、突然道が分からなくなったのではない。金次はそもそも人ではなく、貧乏神であった。つまり江戸の世にあって、とうに並の者では追いつけない程、齢(よわい)を重ねているから、今更、もうろくなどする訳もなかった。

ただ。

人に厭(いと)われるはずの貧乏神が、沢山の茶饅頭(ちゃまんじゅう)と羊羹(ようかん)入りの重箱を抱え、お江戸のど真ん中、夏の昼下がりの道を歩いている。金次はその事が、ちょいと不思議に思えたのだ。

袖(そで)の内には、菓子屋へ付いてきた鳴家(やなり)が二匹いて、先に一つ分けてもらった饅頭を、機嫌良く分け合って食べている。一時ほど前に降った雨のおかげで、大分涼しくなっており、道を行き交う者達も、ほっとした顔つきをしていた。取り立てて何か、特別な事があった訳ではないが、何とも心地よい夏の日なのだ。

「今日は菓子を置いたら、早めに風呂へ行っておくかな。何しろ、夕餉が楽しみだから」

お八つも終わった八つ時過ぎ、廻船問屋兼薬種問屋、長崎屋の離れへ、馴染みの魚屋がやってきた。そして、小ぶりな目ざしが沢山売れ残りそうなので、おまけをするから買って欲しいと、若だんなに泣きついたのだ。

「人がいいっていうか、若だんなときたら、そっくり買ってたから。だからきっとあたし達は、あの目ざしで一杯やれる」

今頃目ざしの噂が伝わって、妖仲間の野寺坊や鈴彦姫、化け狐達も離れへ集まり、目ざしを焼きつつ食べようと、七輪の用意をしているに違いない。猫又のおしろと化け狐は、稲荷寿司や焼茄子、それにおから入りの味噌汁、から汁なんかも用意する筈だ。

「つまり今宵は、大勢の妖が離れに集まって、楽しい宴会になるわけだ」

だから若だんなは金次に、甘い物も買ってきておくれと、お金をくれたんだと思う。

「うん、大きなお重に、山と買った」

好きなものを選んでいいよと言われたので、金次は今日、三春屋ではなく、少し道の先にある気に入りの菓子屋で、黒糖入りの饅頭や、上等な羊羹などを求めた。きっと若だんなも気に入る筈だし、病弱な若だんなが美味しそうに食べれば、二人の兄や達、仁吉と佐助も上機嫌だ。

「きゅい、まんじゅ、美味しい」

袖内の鳴家達の声も嬉しげで、金次は大きく頷いた。まだちょいと暑いが、風も吹いてきたし、その内綺麗な夕焼けになるだろう。穏やかでほっとする、夏の午後だった。

なのに。金次はまた、首を傾げた。

「こんな日に、あたしは何で、妙な気分になってるのかね？」

ふと、町屋に住み知り合いが増えたので、却って不安になってきたのかと、考えてみた。この辺りは、金次が最近寝床にしている一軒家に近い。金次は暮らしている内に、近所で、相場師として通るようになっていた。

「まあ貧乏神は金に強いから、相場をしたことはある。嘘じゃないわな」

そうやって近所の皆は金次に馴染み、一軒家の同居人、場久やおしろとも親しくなっている。金次は今、己の正体を気にする事無く、暮らしているのだ。

「なら、良いじゃねえか。あたしときたら、何を気にしているんだろう。変だねえ」

そう繰り返している内に、じき、長崎屋が見えてくる。とにかくさっさと帰って皆と楽しもうと、金次は大きな重箱を抱え直し、ほてほてと店へ歩んで行った。

「今日は幾つ饅頭を食べようかねえ」

「きゅわ、鳴家も、もっと食べる」

横手の木戸から離れへ行こうと、薬種問屋の前を横切れば、手代である仁吉が、店表からこちらを見てきた。金次が、買ってきたよと大きな重箱を示すと、仁吉は一寸笑ったが、直ぐに顔を引きつらせる。

「へっ？　どうしたんだ？」

首を傾げた、その時だ。金次は横手の小路から飛び出してきた男に、もの凄い勢いで突き飛ばされていた。体が吹っ飛び、抱えていた重箱が手の内から消える。中身の饅頭や羊羹が見事に散って、濡れた道へ落ちて行くのが見えた。

「ひえーっ」

思わず悲鳴を上げた時、金次は道に転がり、したたか背を打った。ぐえっという己の妙な声と、ぎょべっという鳴家達の情けない声が、重なって聞こえた。

「ぎゅんびーっ」

鳴家達が悲愴な大声を上げ、その声に驚いたのか、大通りにいた大勢が、金次達の方へ目を向けてくる。すると、道に転がった金次の目の前を、太った顔が塞いだ。

「こ、こりゃ、済まないです。あの、その、大丈夫ですか？　急いでたんで」

「急いでたからで、済むかっ！」

長崎屋脇に倒れたまま、金次が眉を釣り上げ、駄目になった菓子を指さすと、何故だか辺りが一気に涼しくなる。太った男が、山のように散らばった饅頭や羊羹を見て、顔を引きつらせた時、仁吉が大急ぎで長崎屋から駆けてきた。

「金次っ、怒るな。大騒ぎになってしまうじゃないか」

しかし雨の後だから、転がった饅頭も羊羹も泥にまみれていて、金次の怒りは収まらない。太った男は、転がった菓子の多さと、金次の不機嫌さにおののいたようで、一瞬、逃げ腰になったが、既に前と後ろを、集まってきた野次馬達が塞いでおり、逃げる事も出来なかった。

すると男はここで、ぽんと手を打ったのだ。そして懐から紙を取り出すと、金が無いから、これで弁済すると言い、金次の懐へその紙を突っ込んできた。

「そいつは、富突の富札だ。増上寺の富で、一朱もするもんなんだよ。それを菓子代として、受け取ってくんな」

ただし富札だから、外れれば紙くずになってしまう。しかしもし当たったら、大枚を菓子の代金として、手に出来るのだ。

「それで、貸し借りなしとしてくれ。ああ、良かった。これで事を終わりに出来る」

男は早口で言うと、本当に急いでいたようで、小路から駆けだして行く。弁済は済んだと思ったのか、集まっていた野次馬達は、誰も太った男を止めなかった。

「あっ、待て。富札を貰ったって、酒盛りで食べられる訳じゃあるまいに」

金次は大急ぎで起き上がり、男を追おうとした。しかし仁吉が金次の前を塞ぎ、止めろと言って渋い顔を向けてくる。どうやら金次が、雨よりも盛大に辺りを冷やしてしまったのが、気に入らないらしい。

それで金次は、仁吉へふてくされた顔を向けた。

「あたしは皆と酒盛りをする時、甘い物も食べたいんだよ。若だんなだって、菓子を待ってる。もし怒るなって言うんなら、仁吉さん、富札をやるから、菓子代を出しとくれ」

そうすれば、夏の暑さは直ぐに戻ると言うと、仁吉は大きく溜息をついた。そして懐から紙入れを取り出すと、富札代よりも多い金子を、金次の手に落とした。

「ほら、これで好きに買ってきな。皆が待ってるから、近くの三春屋で買いなよ」

余り帰りが遅くなると、若だんなが心配すると言われ、金次はふっと肩の力を抜いた。途端、夏の風が奇妙な涼しさを払い、辺りにいつもの、暑い午後が戻って来る。

「そうだ、若だんながお好きだから、三春屋で、新作の辛あられも買ってきてくれ。三春屋でだけ売る事にした、甘辛味だ」

金次も辛あられは好きだったので、素直に頷くと、仁吉が他にもあれこれ頼み始める。するとその間に、近所の子供達がやってきて、中の餡子だけ食べると言い、転がった菓子を拾っていった。

「おいおい、落ちた菓子だ。腹をこわすぞ」

金次が言っても、子供達は思わぬお八つに喜び、器用に中身を食べると、残りを堀川の魚へやっている。貧乏神は苦笑を浮かべ、懐から富札を取り出して、大きな声で言った。

「増上寺の富札、申の八百三十三番」

その富札を仁吉の懐へ押し込むと、金次は辛あられと菓子を求め、三春屋へと向かった。

2

十日ほど後のこと。外出から帰った金次は、長崎屋の離れで、珍しくも豆腐料理をこしらえていた。

夏のこととて、離れの障子は開け放たれ、若だんなは縁側近くで、いつもの医師、源信に診てもらっている。源信は、暑い日が続く中、寝こんでもいないのは重畳と言ってから、若だんなへ明るい声を向けた。

「聞いたよ、若だんな。落ちた菓子の代金として受け取った富札が、当たったんだってね。本札の半分の割り札だそうだが、百両以上貰えそうとは、運のいい話だ」

羨ましいと、源信は言う。

「そんな大金が当たったら、もう若くはない自分だが、京へ医術の勉学に行きたいものだ」

すると若だんなは、よくご存じでと笑い、当たったのは己ではないと、あっさり言った。持ち主は、菓子の代わりに富札を貰った金次かもしれないし、茶菓子代と引き替えに、富札を譲られた仁吉かもしれない。

「とにかく、私ではなかろうと思います。富札と菓子代を、取り替えた覚えはないので」

すると金次は桶から顔を上げ、器用に豆腐を細切りにしつつ、渋い声を出した。

「おいおい、大本の菓子代を出したのは、若だんなじゃないか。なのに、若だんながそんな事を言うもんだから、こっちはえれぇ事になってるんだぞ」

金次はとうに、あの富札の事など忘れていたし、増上寺の富突の日がいつなのかすら、分かっていなかったのだ。

ところが、ある日気がついたら、近所の知り合い達が、一軒家へ押しかけて来た。そして富くじに当たったのが、仁吉か金次か、若だんななのかは分からないが、とにかく近所の皆へ振る舞いが必要だと、嬉しげに言ってきたのだ。

「ふるまい？」

「金次さん、富くじに当たった者は、近所へ料理を振る舞うと、決まってるんですよ」

刺身に酒、煮物に菓子くらいは必要だと、長屋の皆は事を勝手にしきり出す。だが金次は、急いで首を横に振った。

「だからあたしは、あの富札は、仁吉さんか若だんなのものだって言ったんだよ。菓子の代金を出した者のもんだ」

だが何と言われようが、長屋の連中は強かった。

「誰が富札を当てたのかは、この金次が、きちんと見極めろって言うんだ。さっさと祝って、酒を飲みたいんだと」

源信が笑い出し、もう祝ったのかと問うて来る。ここで若だんなと金次は顔を見合わせ、首を横に振った。祝う為には、富突をした寺から金子を貰わねばならないが、まだ金子を貰えないでいるのだ。

「おや、富札の持ち主が定まらないから、寺も金をくれないのかな？」

「いえその、そもそも金次が貰った富札が、本物かどうか、分からなくなりまして」

「おや、何かあったようだね。大変だ」

ならば、その騒ぎを乗り切る為にも、ここで一杯薬を飲んでおきなさいと、源信が薬湯を勧めてくると、横で仁吉が笑っている。若だんなは、何で富札が薬湯を運んで来るのだろうと、情け無さそうな顔で薬の碗を見た。

「苦そうですね」

「なに、仁吉さんの薬湯よりも、薄い筈だ」

源信が笑い、一気に飲んだ若だんなは、鳴家のような声を出した。そして金次を見る。

「とにかく、あの富札の件、早く終わって欲しいね」

「まあなあ。でも若だんな、増上寺の様子を考えると、無理かもな」

若だんなと仁吉と金次は先に、三人揃って、江戸の名刹へ行ってきたのだ。確かに今回の事は、簡単に終わるとも思えなかった。


増上寺の富突が終わった後、源信すら知っていたように、長崎屋にある富札が、一の当たり三百両の札だったという噂が広まった。すると直ぐに、富突の世話人が長崎屋へやってきたのだ。

何しろ菓子が道にばらまかれた日、富札の数を、金次は道端で口にしていた。それを覚えていた上、律儀に世話人へ伝えた者が、何人もいたらしい。

すると、長崎屋へ来た世話人は、何故だか若だんな達へ、一度増上寺へ来てくれぬかと言ってきた。

「若だんな、富札が当たると、寺から使いが来るものなのかい？」

「いや、初めて聞く事だね」

三人は驚いたが興味も覚え、増上寺へと向かうと、そこで更に驚く事になった。富突の世話役達が、それは渋い顔を見せていたのだ。そしてその訳を聞き、さすがの金次も魂消た。

「はてはて。当たりの富札が、合わせて三枚、出て来たんですかい？」

富札は高いものなので、割り札と言って、一枚の本札を、幾つかに割って売られる事もあった。今、長崎屋にあるのも、実は元の札の半分、一朱の札なのだ。そして今回はその一朱の割り札が、何故だか三枚、寺へ出されたのだという。

「三枚？　数が合いませんね」

若だんなは首を傾げている。札屋が半分に割った札なら、二枚しかない筈なのだ。寺の僧と世話人は、長崎屋の皆の前に、その富札を並べて見せてくれた。しかし、どれが本物なのか、金次にも分からなかった。

「どの札も、真っ当なものに見えるねえ」

「一枚は、長崎屋さんのものです。後の二枚は、深川の質屋根古屋さんと、本所の材木屋、井下田屋さんが寺へ出してきました」

するとここで金次が、世話人へ、富札を手に入れた時の事情を語った。

「あたしはこの富札を、買ったんじゃない。富札を持っていた別の男から、貰ったたんだよ」

　金次は、道で太った男とぶつかり、菓子を山ほど駄目にした件を語った。その男は菓子の代金を弁済する金がなく、代わりに富札を差し出したのだ。

　駄目になった菓子は良い品だったし、量も多かったので、金次はあの時、一枚が一朱もする高い富札を差し出されても、不思議にも思わなかった。

「でもさ、今考えると妙な話だったね。菓子の値が幾らなのか、相手は確かめもしなかったんだから」

　菓子は一文菓子から、一棹（ひとさお）百文、いやもっと高い上等の練り羊羹まで、色々とある。

「この富札の割り札は、一枚一朱だよな」

　今の相場だと、一朱は六百文くらいだったっけと言い、金次は指を折って数える。金の相場は、結構大きく上げ下げするものなのだ。駄目にした菓子の値も聞かず、本物の富札を差し出すとは思えなかった。

「つまり、あたしが押しつけられたこの札が、きっと偽物（にせもの）なんだろう」

　それであの男は、簡単に札を手放したのだ。それを見抜けなかった金次は……いや、金次の間抜けに巻き込まれた若だんなは、出した金が偽の札に化けたと諦（あきら）めるしかなかろう。

「だけどさ、そもそもこの偽物は富札だ。だからはずれてしまえば偽物じゃなくても、竈の焚き付けにでもして、そのまま忘れたはずだよな」

ならば、構わないよなと若だんな達に問うてから、金など信用する筈もない貧乏神は、こともなげに言い切った。

「世話役さん、あたし達三人は、富札の事を諦めたよ」

やれ、これで事が片付いたと言い、金次はほっと息をついた。だがそれを聞き、慌てたのは世話人だ。

「おいおい、長崎屋さんもその店子さんも、何とも欲がない。色々差し引いても、百両以上になる当たり札だよ！　そう簡単に、諦めちゃ駄目じゃないか」

富くじの売り上げから、当たった分の金や、要りような費用を引いたものが、寺の修復費となる。富くじに頼っている寺の御坊達や世話人は、恐い顔で三人へ言う。若だんなが首を傾げたら、説教をし始めた。

「若だんな、大店の息子でも、金は大事にしなきゃ。は？　富札は自分のものじゃなくて、そこの金次さんのものだって？」

借家住まいの金次なら、尚更金は大事な筈と言われて、金次は溜息をかみ殺した。しかし、町で暮らすと、こういう厄介事が増えるのは、そろそろ飲み込めてきている。しかし、煩わしさが無くなる訳ではなかったので、溜息と共に言った。

「世話役さん、当たり札が二枚に減りゃあ、それで本札一本分になって、事はすっきり終わるだろうに。何で納得しないんだ？」

「あのねえ、金次さん。適当に帳尻を合わせちゃ、駄目なんですよ。とにかく当たり富の事は、きっちりとしなきゃ」

最近、余りに富くじが流行りすぎて、お上が苦々しく思っておいでだという噂があるのだ。万一、当たり札が三枚も出て来たくじの事を、見逃したとお上に知れたら、富突を止められてしまうのではと、増上寺は恐れているという。

「だから長崎屋さんは面倒に思うかもしれないが、本物の当たり札を、見極めなくちゃならないのさ」

「ありゃあ、増上寺さんは引けないんですね」

金次はうんざりした様子になったが、その時ふと、富札をくれた男が、職人風であったことを思い出した。

(そういやぁ、あいつ、菓子代を返す金もなかったのに。よく一朱の富札が買えたね)

格好からすると、貧乏な長屋の住人に思えた。富札は札屋で、もっと細かく割って、安くしたものも売っている。なぜ高い一朱の札を買ったのか、金次は首を傾げた。

（一体あいつ、何者だったんだろう）

だが金次は世話役へ、男の話をしたりはしなかった。これ以上、この妙な件に巻き込まれるのは、ご免だったからだ。

（冗談じゃねえ。百両の為に、貧乏神が振り回されてたまるか）

金次に取り憑かれたら、一晩で何千両もの金を失っても、不思議ではない。町一つ、いや、どこぞの大名家が丸ごと傾いても、貧乏神金次が関わったと知れれば、神仏や妖達は納得する筈なのだ。

なのに今、富くじの金が金次を煩わせている。そんな金は要らないと言ってるのに、周りの者達は百両故に、あれこれ言ってくるのだ。

（本当に、人ってぇのは、奇妙な生き物だよ。どうしてそんなに、金をありがたがるのかね）

長崎屋では主夫婦も若だんなも、至って金には鷹揚であった。主の藤兵衛は、金を粗末にはしないが、妻のおたえや若だんなの為には惜しみなく使う。奉公人らが食べる食事も、おそらく他の店よりもいいだろう。

そして使ったよりもしっかり多く稼いで、藤兵衛は金に振り回されなかった。多分、そんな風だから貧乏神の金次も、長崎屋へ取り憑く気にはなれないのだ。

　すると若だんなが、ここでにこりと笑って、富突の世話役を見た。

「あの、思いがけずも当たりの札が、三枚も出てしまい、世話役さんは悩まれている事と思います。うちが引いて、事を済ませる訳にはいかない事も分かりました」

　だが、若だんな達がずっとこの寺にいても、何で当たり札が増えたのか、分かるとも思えなかった。

「何か思い出しましたら、増上寺へお知らせします。ですから今日は一旦、家へ帰らせてはいただけないでしょうか」

　若だんなが頭を下げると、世話人達も否とは言えずに頷いた。そして、長崎屋の三人を寺の表まで送ってくれたが、その時世話役達は、奇妙な言葉を向けてきたのだ。

「長崎屋の皆さんは、私共が騒ぎ過ぎると思っておいでかもしれない。ここにおいでのお三方は、何と百両以上を、要らないと言われたお人だからね」

　正直な話、驚いたが、しかしこのお江戸に、そういう御仁がいるのも、面白いとも思ったと世話人は言う。しかし。

「私が納得しても、このままではこの話、世間が納得しないんですよ。ええ、間違いありません」

世話人は長年富突に関わっているので、それが分かると言った。

「ですからね、事をきっちり調べた方がいいと、思うんですよ。ええ、その内お三方も、同じように考えると思います」

「そうですかねえ」

金次は首を傾げたが、ここでまた話を蒸し返しては、家へ帰れなくなる。それで黙ったまま山門から出ると、仁吉は若だんなの為、直ぐに近くの堀川で舟を頼んだ。

「おお、こいつは楽だ」

後は通町の店近くまで座っていけるとなって、金次が嬉しげに渋団扇を扇いでいると、若だんなが首を傾げた。

「世話役さん、なんで、あんな妙な事を言ったのかしら」

世間が納得しないとは、どういう事なのだろうか。その内若だんな達も、今度の話をきちんと知りたくなると、世話人は確信しているようであった。

「どうして、あっさり終わっちゃ、駄目なんだろう」

若だんなは首を傾げたが、仁吉が気にしていたのは、若だんなに早く、温かい茶でも飲ませたいという事であった。金次が、自分は一杯酒を飲みたいと言うと、離れで飲みながら富くじの事を話そうと、若だんなが誘う。金次は大きく笑った。

「他の妖達もまた、集まりそうだね。なら今日は簡単な酒の肴を、あたしが作ろうかな」

おしろに一軒家で、八杯豆腐の作り方を習ったと言うと、貧乏神の料理は食べたことがないと、若だんなが興味津々の顔で言う。仁吉が機嫌良く頷き、若だんなには沢山食べて頂きたいと、豆腐代を金次へ渡してきた。

「美味しく作るからね。任せときな」

だが長崎屋へ帰り着くと、二人は忙しくなり、なかなか飲む事にはならなかった。

まず、二親が暑いのを心配したようで、若だんなは医師の源信に、診てもらう事になった。そして金次ときたら、近所の者達にまた祝いをせがまれ、長崎屋の離れへ、豆腐と共に逃げ出してきた。

「やれやれ、忙しいね」

金次は離れで、ようよう豆腐料理を作り始めたが、世話人の話は、本当に大あたりの代物だったらしい。

富くじの件は直ぐにまた、新たな悩みを連れ、長崎屋へやってきたのだ。

3

丁度、医者の源信が帰った頃、佐助が渋い顔で離れへやってきた。そして若だんなに、お疲れの所、申し訳ないが、薬種問屋の店へ来て欲しいと言ってきたのだ。

「おや、佐助が薬種問屋の事に関わるなんて、珍しいね。どうしたの？」

驚いた顔の若だんなが問うと、佐助は顰め面を浮かべた。

「若だんな、富くじに当たったとの噂は、随分広まってるようなんです。それで妙なお客が、店へ来ちまったんですよ」

仁吉が今、対応しているが、何しろ相手は三人のおなごなのだという。力ずくで放り出す事も出来ずにいると、三人は大きな声で話して店表から帰らない。長崎屋は今、商いが出来なくなっているのだ。

「おなご三人は、知り合いではないようで。つまり、三つの揉め事が押しかけて来てるんで、仁吉も番頭さんも手間取ってるんです」

「おやま」

よって佐助が珍しく、若だんなを呼びに来たのだ。若だんなは頷くと、店表へ向かった。

「こういうとき、主が顔を見せないと、引かないお人がいるものね。薬種問屋は、私が任されている店だもの。うん、頑張るよ」

一方金次は十数える間、離れに留まっていた。だが、富くじの札が何を引き起こしたのか、貧乏神としては気になって仕方がない。そわそわした後、金次はこっそり母屋へ歩を進めた。

「長崎屋で、こんな金の揉め事が起きるなんて、初めてじゃねえか？　相手は、あたしが祟りたくなるような奴かもしれないよ」

裏から薬種問屋長崎屋へ入り込み、金次は首を伸ばして、表へ目を向けてみる。すると、土間から一段高くなった店表の上がり端に、何故だかおなご達がいて、てんでに、若だんなと仁吉へ迫っていた。

そしてその中で、一に声の大きなおなごは、お菊という名らしい。

「仁吉さん、毎回、おっかさんの薬を用意して下さって、ありがとうございます。そんなお前様が今回の富突で、突き留めの三百両を当てたんですよね？　なら、あたしを助けておくんなさい」

お菊はもう何年も、長崎屋で薬を購っており、どうやら仁吉が、その薬を作っているのだ。お菊は仁吉の整った面を見つめ、切々と訴えている。

「長崎屋の天狗人参薬を、おっかさんの為に、これからも買いたいんです。でもあたしにはもう、お足がなくて」

そんな時、いつも薬を買い、相談に乗って貰っている仁吉が富くじを当てたのは、天の配剤だとお菊は思うのだ。

「仁吉さんはいつも優しく、おっかさんの病の事を聞いてくれます。あたし、今はそれだけが心の支えなんです。本当に、仁吉さんがいるから、やっていけているっていうか」

お菊がぐぐっと身を乗り出し、一方仁吉は一寸、後ずさっている。金次は渋団扇を振った。

「あんりゃ、何だか話がずれていってるぞ」

「きゅわきゅわ」

「まあ、富くじの話が薬の話に化けて、何故だか色恋の話へ、突っ走りそうな塩梅ですね」

幾つもの声が聞こえ、金次が思わず周りを見ると、屏風のぞきや鳴家、おしろまでが、いつの間にやら母屋奥に集まり、店表の一幕を見つめていた。それを誰も見とがめないのは、長崎屋の奉公人達も今は、仁吉や若だんなを見ているからに違いない。

「あたしもそうだけどさぁ、皆、この騒ぎを、楽しんでないかい？」

「あれま金次さん、横にいた娘さんが、お菊さんの所へ行った。また事が動きますよ」

　おしろの声を聞き、沢山の目が、一斉にお菊の隣へ向いた。するとそこには次のおなごがいて、剣呑な眼差しをお菊へ向けていたのだ。

「あのねえ、お菊さんとやら。あんた、この店の客かもしれないけど、富くじとは関係がないお人じゃないか。なのに当たった金を貰おうとは、図々しいこと」

　新たなおなごはお琴と名乗り、長崎屋が手に入れた当たりくじは、本来、自分が貰う筈のものだったと言い出した。

　途端、お菊がお琴を睨み付ける。

「はあ？　あんた、何の証があって、そんな事を言うのさ」

　するとお琴は、自分は増上寺門前の茶屋、福屋で働いているのだと語る。

「あたしはね、自分で言うのもなんだけど、そりゃお客さん達から好かれているんです。ええ、看板娘ってやつです」

　お琴を見る為だけに、遠くから通ってくる客も多い。嫁に欲しい、世話をしたいという殿御も沢山いる。当然、贈り物を貰うことは多かった。

「お客の一人に、印なんかを彫ってる、腕の良い印判師さんがいてね。そのお人はいつも、お友達と一緒に、あたしのいる店に来てくれてるんです」

その職人は、自分はお大尽のように、着物や帯なんかをお琴へ贈れない。だから情けないと、いつも言っていた。

「それで今度、富札を買って、あたしにあげるって言ってくれたのさ」

富札であれば、富突の日まで夢を描いて楽しめる。万一当たれば、着物よりもずっと高額のまとまった金が、お琴にもたらされるのだ。

「そのお客さんは、あたしにはそりゃ優しいの。一旦くれると言ったら、お菓子でも巾着でも、ちゃんと贈ってくれてた」

なのに今回は富札を、未だにお琴へ贈ってくれてない。きっとそれは……長崎屋の横で人にぶつかり、菓子を駄目にしてしまったので、富札をその弁済に使ったからだ。

「でもさ、菓子の代金が、三百両したって事はないだろう？　つまりさ、当たった全額を長崎屋さんが貰うってのは、阿漕な話じゃないかい？」

元々その当たりくじは、自分が貰う筈のものだったと、お琴は言い切った。つまり、だから。

「あたし、三百両の半分くらいは、貰ってもいいんじゃないかしら。はい？　割り札だったから、当たった金子は半分だったの？　なら、そのまた半分のお金をおくれな」

何しろ自分は茶屋福屋の、看板娘なのだから。お琴がそう言った途端、店奥にいた妖達は、一斉に首を傾げた。

「はてはて。何で茶屋の看板娘だと、当たり富の半分を貰えるんだ？」

「屏風のぞきさん、人の考える事は、このおしろには分からないみたいです。あらら、もう一人、おなごが割って入ってきました」

妖達が目を見開いている前で、今度は四十路(よそじ)近くに思えるおなごが、お菊とお琴の前に立った。おなごは長崎屋の辺りで、顔を知られているらしい。長崎屋にいた客達から、お筆(ふで)さんが来てるよと、ざわめきの声が上がった。どうやら裏手に建っている、長屋の差配の妻のようで、お筆は押し出しが良かった。

「ちょいと、お菊さんとお琴さんとやら。さっきから聞いてるけど、二人とも欲の皮が突っ張ってるね」

そう言うと、お筆は二人を見据えて黙らせてから、得々と己(おのれ)の考えを話し始めた。

お筆に言わせると、富くじで当たった銭は、天からの授かり物。町内で当たったのなら、一に、ここで暮らしている者達へ、分け与えられるべきものだと言ったのだ。

「丁度最近、町に捨て子が二人ほどあって、困ってたんだよ。まとめた金を付けてやれば、里子に出せる」

しかしそんな金は今、町にはない。何とかしたくて、お筆は自分の金子で富札を買ってみたが、さっぱり当たらない。ところが。

「ええ、神仏の思し召しで、長崎屋の富くじが当たったみたいだね。ならば今回の銭は、子供らへ回してやるべきでしょう？」

だが、ここで思わぬ方から不満の声が上がり、お筆が一寸怯んだ。文句を言ったのは、長崎屋の騒ぎを見ていた客達だ。一朱もする富札を買ったあげく、当たったら町に金を取り上げられるのでは、たまったもんじゃないと言い、皆、口をひん曲げたのだ。

「だって、子供達の為だから……」

「そういう掛かりが要りようだから、金がある者達は町へ寄進をするし、町入用だって払ってる。どうしても足りないなら、子供のためだ、また寄進を願うってのもいいさ」

だが。夢を見る為に買う富くじと、町の掛かりをごっちゃにしてもらっては、たまらないと皆は言った。そしてお筆に、差配はお筆がここへ来て、金を欲しがっていることを承知なのかと問う。亭主に黙ってこんな勝手をすると、後で差配が困ると言われ、お筆が黙ったところ、お菊とお琴がお筆を睨んだ。

しかしそれでもお筆は、ただ大人しく引いたりしなかった。つまり長崎屋の騒動は、ちっともおさまらなかったのだ。

金次はここで口の端を引き上げ、ちょいと恐い笑みを浮かべた。そして、とても楽しげに、ぼそりと口にする。

「やぁれ、お近づきになりたい御仁が、沢山いるじゃないか」

すると小声でつぶやいたのに、若だんながさっと振り返り、不安げな顔つきで金次を見てきた。それを見た仁吉も、顰め面を向けてきたが、金次はそっぽを向き、知らぬ顔を決め込んだ。祟るな、それでは都合が悪いと言われても、金次は貧乏神なのだ。

(欲の皮、突っ張らしてる輩が、多すぎるんだよ。そういう奴は、貧乏神の客だ)

馬鹿な考えに、取っつかれた方が悪いのだ。

(なぁ、お三方)

金次が目を細めおなご達を見ると、その様子を仁吉が睨んでくる。だが仁吉は、急に愛想よく笑い出すと、富札の事で、おなご達へ伝えておく事があると言い出した。

「皆さんは、うちに置いてある富突の当たり札が、誰のものか分かっていないみたいですね。だから、間違えた話をしている人がいるみたいだ」

でも、だ。富くじの持ち主が、店である筈がない。そして持ち主の名は、とっくに決まっていた。

ここで仁吉はにやりと笑うと、目を向けてきた。

「若だんなは菓子の代金を、好きに買ってもいいと、金次へやったんです。後で金次へ渡した菓子の金も、若だんなの為に使うよう、旦那様から預かっている金子でして」

つまり、だから。

「当たった富くじは、道に落ちた菓子と交換した、この金次のものだ」

仁吉はきっぱり言い切った。

「良かったな、金次。よってこのお三方との話し合いは、お前さんがするべきなんだ」

ちなみに金次の家は、この長崎屋ではなく、裏手に建っている一軒家であった。

「金次、早々に皆さんと一軒家へ行って、そっちで話し合ってくれ」

金次が承知するなら、綺麗な茶屋娘に金を渡してもいいし、子供へまとまったものを譲ってもいい。しかし。

「今回は事情があって、当たりの富札への金は、まだ支払われてないんだ。おや、おなご方はそれを、知らなかったのかい。とにかくそういう訳だ」

　金次もそのことを、忘れないでいてくれ。そう釘を刺した後、仁吉は表を指さし、早く話し合いに行けと言って憚らない。

「おい仁吉さん、あたしにこの三人を押っつける気かい？」

「こちらのお三方は、とにかく金が欲しい訳だ。ならば富札を貰ったお前さんと、話すしかないじゃないか」

　仁吉が笑ったものだから、金次は一気に顔を顰めると、夏の日中とも思えない、涼しい風を呼び寄せてしまった。だが若だんなが、酷く心配げな顔を向けてくると、その風が弱くなる。

「金次、一人で大丈夫？　私も一緒に一軒家へ行って、話をしようか？」

「若だんな、外を歩いたら、暑さで倒れちまいますよ」

　仁吉が急ぎ止め、金次は苦笑を浮かべ、若だんなへ心配ないと言った。しかし。

「富突の世話役さんが言ってた事は、当たってたな。今度の富札の件は、放っておいては収まらないんだ」

それどころか、おなご三人が長崎屋の店表へ現れ、厄介事が増えてしまった。金次は富札の騒ぎがこの後どうなるのか、ふと不安になっていた。

4

何やら不安げなおなご達を連れ一軒家に向かうと、後から追ってきたおしろが、金次へきっぱりと言ってきた。

「金次さん、この話がどう落ち着くかは分からない。けど、一軒家で人に祟っちゃ駄目ですよ。最初に移り住んだ時、佐助さんに釘を刺された事、覚えてるわよね？」

物騒な事を何度かやったら、妙な噂となる。三人の妖は、一軒家で暮らして行くことが出来なくなるのだ。人の間で長く長く生きてきた犬神・佐助が、そう言い切ったのだから、間違いはなかった。

「もし馬鹿をしたら、最近金次さんがお気に入りの味噌汁、から汁はもう作らないからね。代わりに嫌いなひじきを、毎日お菜に出すわ」

おしろは真面目な顔で、そう脅してくる。

「……そいつは、何とも恐いよ」

金次は眉尻(まゆじり)を下げ、一つ得心した。

「ひじきは、貧乏神よりも強いかも知れん。いや、そうに違いない」

おしろは、分かったならいいと頷(うなず)き、その後互いをちらちらと見合っているおなご達へ目を向けた。そして、どんな訳があるにせよ、貧乏神から金を頂こうとするなんて、とんでもないおなご達だと言ったのだ。

「今、他の妖達が、三人の事を調べに行ってます。妖達だって、最近はこの一軒家を、よく使ってますからね」

だからもし、この家がとんでもない噂に包まれてしまったら、他の妖らも困るのだ。

よって、皆がせっせと動き出したと聞くと、金次は困った顔になった。

「その、助力はありがたいが……しかしおしろ、皆で動いて大丈夫なのか？」

「あら、拙(まず)かったですか？」

鳴家達だって屏風のぞきだって、とにかく最初は、真面目に噂を集める筈(はず)だとおしろは言った。

「影内に入れる妖達なら、きっと、色々分かる事もありますよ」

「そりゃそうだが。でもなぁ、行った先で、もっと大きな騒ぎを引き起こしそうな気もするぞ」

例えば団子だって、影内から手を伸ばし一本拝借しようと思えば、妖には出来る。だがもし、その時捕まったら、大騒ぎだ。若だんなが妖をたよる時は、いつも離れに菓子など、たくさん用意しておく。しかし今回はそれがないから、妖らは腹を減らしている筈なのだ。

「妖の皆が調べに出かけた事は、仁吉さんや佐助さんには、言わない方がいい気がする」

「金次さん、そうなんですか？」

ここで首を傾げる所がおしろで、まともそうに見えても、やはり人とは違う。つまりは、猫又であった。

「やれやれ。とにかくあのおなご達を、一軒家の板間へ連れていかねば。でもさ、野次馬達も、長崎屋から付いてきているみたいだ」

ならば長崎屋は一息つけるだろうが、今度は一軒家が騒がしくなると、金次は溜息をつく。それでもとにかく、おなご三人へ手招きをしてみたが、自分から押しかけて来たというのに、三人は一軒家へ、簡単には来なかった。何とお菊など、既に道端で野次馬の一人と、面倒を起こしていたのだ。

相手はちょいと年上の鯔背な兄さんで、左官か大工のような身なりに見えた。金次が近くにいた他の野次馬へ問うと、お菊と同じ長屋に住む、左官の銀太という男らしい。

「おや、お菊って娘には、似合いの男が側にいたのか」

しかし銀太とお菊は路地で、毛を逆立てた猫同士のように、剣呑な声を出していた。

「お菊、おめえさんが、おっかさんの薬代に困ってる事は、長屋の皆が知ってる。相長屋のよしみだ、おれだって心配してるんだ」

だが、しかし。銀太はここで、お菊を睨んだ。

「でもなぁ、身の丈に合わない高い薬を買う為に、無茶をしちゃいけねえ」

薬種問屋長崎屋の手代は、確かもっと安い薬でも、薬効は変わらないと言っていた筈であった。お菊の母親はもういい歳で、薬の一服だけで、手妻のように治りはしない。お菊の長屋と長崎屋は近いから、そういう話が伝わってきているのだ。

「なのに無理をして金に困ったあげく、人様の当てた富くじの金を、ねだりに行くとは恥ずかしい。おめえ、いつからそんな、情けない事をするようになったんだ」

「おっかさんに、少しでも良くなって欲しいと思って、何が悪いの」

お菊は言い返したが、その声はやや弱く、腰が引けている。

すると、ここで金次が、銀太へひとこと言った。何故だかおしろに、急ぎ着物を引っ張られたが、金次は最後まで言ってしまった。

「そこな左官の銀太さん。お菊さんが、長崎屋で高い薬を買ってる訳だがね、あんた、分からないのかい？」

一寸戸惑い、首を傾げた銀太へ、金次は言葉を続けた。

「長崎屋じゃ、手頃な値の薬は、最初から紙に包んであるものが多い。だから若い奉公人でも、客へ売れるんだ」

だが、強く効いたり高直な薬は、症状を聞き分量を見極める必要がある。だから、何人かの調剤が出来る奉公人か若だんなが、客と対応する事になっていた。でも、若だんなはまず店表にはいないから、仁吉が薬を売ることが多いのだ。

ここで金次は、お菊を見た。

「もちろん仁吉さんは真面目な手代だから、お菊さんの話はじっくり聞くさ。でもね え、だからってあの男前が、お前さんの薬代を払いたいとか、お前さんともっと会いたいとか、おまえさんと……痛いっ、おしろ、何するんだっ」

袖を引っ張られても金次が黙らずにいると、おしろは何と、脇の一軒家からお盆を持ち出してきて、金次の頭をごつんと打ったのだ。途端、野次馬達がどっと沸く。

「おおっ、お盆が出たぞっ」

武家のように刀を持たず、物騒な包丁を持ち出す事などない夫婦喧嘩において、お盆は恐ろしい得物、つまりは武器ともなる代物であった。

何しろ堅い。丈夫だ。しかも多くの家にあり、おなごが使い慣れているものなのだ。その上、お盆ごときでおなごに殴られたからといって、男が泣き言を言おうものなら、情けないと、近所の笑いものになりかねない。よって男に我慢を強いるという、お盆は誠に恐ろしい物だった。

するとここで、今度はお菊が、男を困らせるものを使った。何と銀太の前で、涙を流し始めたのだ。

「銀太は、こうやって皆の前であたしを叱りつける。心配してると言う。けど今まで、何を助けてくれた訳でもないじゃない。ずっと、そうだったじゃない」

段々悪くなっていく母親と、お菊は二人暮らしなのだ。料理屋の仲居として働かねば、母子二人は食べていけない。だが一日働いて長屋へ帰ったら、疲れたお菊には、母の世話が待っていた。

誰も、お菊を支えてはくれないのだ。母は最近弱り、同じような昔話しかしない。お菊の心の内を聞いてもらえるのは、高い薬を買ったときの、仁吉だけなのだ。

「それも駄目だと言われたら、あたしは息が出来なくなっちまう。みんな、おっかさんには病で可哀想だと言うのに、必死に世話してるあたしの事は、責めるの。日中、親を一人にして可哀想だと言うの」

　でもお菊はもう、一杯一杯なのだ。

「当たった富くじの金を分けてくれと言ったって、駄目だろうと思ってた」

　仁吉はどの客にも親切だ。だから客の一人であるお菊を、特別扱いする筈もないのだ。

「でも一度、助けて欲しいと誰かに言ってみたかったの。もう本当に、このままじゃ生きていけないんで」

　お菊はとうに、己に見切りをつけていたのだ。今、妾として世話してくれる相手か、歳や相手の事情を問わず、母親を抱えていても良いという縁談相手を、探して貰っていると言う。だが、そういう相手すらも、直ぐには見つからないようだ。

（なる程）

　金次は、ちらりと銀太を見た。銀太がここで、お菊へ何と言葉を返すだろうかと、興味が湧いたのだ。

（妖が、馬鹿をして泣きわめいたら……若だんなは寝ている布団から、とにかく出て来てくれるよな）

それで熱が上がれば兄や達が怒り、妖らは更に困る気もする。

(でもさ。そうと分かってても、ともかく起きてくれると思う)

一方、お菊は若いおなごだ。つまり小鬼に鳴かれるのと違って、迷惑を掛けられるばかりと言う話でもなかろう。銀太はどうする気かと、金次はしばしば二人を見ていた。

ところが。金次は目を、すっと細める事になった。

(おんや、この銀太さんときたら、ここで黙ったままかい)

威勢良くお菊を諫めていたのに、今は下を向いている。若い娘が親の薬代の為に、妾になると言っているのだ、なのに、お菊を止めもしない。おしろが横で、尻尾を出した。

(まあ、ねえ。下手に止めたら、誰かがお菊さんを、嫁に貰えと言いかねないしなぁ)

銀太は多分、親の薬代が要らない嫁を、欲しがっているのだ。そして勿論、丈夫で稼げる男の所へは、そういう嫁が来たりするのだろう。

「しょうがないのかね？」

これからずっと、高直な薬代を出し続けるとなると、多分銀太は、左官として夢を持つことが出来なくなる。大きな仕事をしたいとか、弟子を持つようになりたいとか、言っていられなくなるのだ。

（だけど、さ）

もし若だんながこんな風に黙ったら、きっと妖達は長崎屋には居づらくなる。そして何となく一人、二人と、どこかへ去ってしまうのかもしれなかった。

「はて、堪らないねえ」

金次が思わずつぶやいた時、野次馬の中に猫又の小丸を見つけたらしく、おしろが柔らかい猫の手つきで招くと、何やら話しだす。その間にお菊は金次へ頭を下げ、済みませんでしたと謝ってきた。

「今言ったように、切羽詰まったあげく、最後だと思って馬鹿をしちまったんです。もう薬代は欲しがりません。終わりにしますから、堪忍して下さい」

そして他のおなごへ目を向けると、お二人にも事情があるだろうがと、眉尻を下げて言った。

「でもさ、あたしみたいに、あがいてみても、どうにもならない事もあるんですよ。二人ともそいつは、心得ておきなね」

お菊の声は、何とも寂しげであった。そして、さっと銀太へ背を向けると、もう振り返らず、そのまま一軒家から去って行った。

富札が運んで来た騒ぎが、一つ去って行ったのに、金次は口を尖(とが)らせてしまった。

5

お菊が姿を消し、騒ぎの元のおなごは二人になった。

ところが、富くじが引き起こした困りごとは、一向に減らなかった。いや一軒家に帰ると、もっとずっと、とんでもない事になってしまったのだ。

「ありゃ、何でこんな事になったんだ？」

金次は一軒家の内でそう言った後、お菊が帰ったからかなと首を傾げる。すると、横にいたおしろに睨まれた。

「金次さん、わざとこんな騒ぎを起こしたわけじゃ、ないでしょうね？」

金次は、包丁は好きじゃないと言って、急ぎ首を横に振った。金次とおしろ、それにお琴とお筆は今、一軒家の板間で先程から、男に包丁を突きつけられているのだ。

ほんの少し前のこと。帰って行ったお菊と入れ替わるようにして、多磨国(たまくに)という男が、一軒家へやってきた。

多磨国は、筆耕をしていると言い、その上自らを、お大尽だと名のった。

「実は妾を囲おうと、人へ頼んでたんだ。そうしたら、妾奉公してもいいという、お菊さんの話を聞いてね」

何でも金が必要とかで、旦那が欲しいらしい。多磨国はお菊が気になったのだ。

「気に入れば、母親の薬代くらいは出してあげようさ」

ところが多磨国が訪ねると、お菊は長屋にいなかった。いつもの薬を買いに行ったと言われ、長崎屋へ向かえば、今度は一軒家へ行ったと聞いたらしい。しかし多磨国が一軒家へ来た時、お菊は既に帰った後であった。

「間が悪いわね」

おしろが眉尻を下げる。

「今ならお菊さんはきっと、元の長屋に居ますよ」

ところが。ここから事は、妙な方へと転がり出した。まずは、一緒に一軒家へ来ていたお筆が、何度も多磨国の顔を見た。そして大きく首を傾げたのだ。

「多磨国さんとやら。お前さんは今、筆耕だとおっしゃいましたっけ?」

つまりは写字や清書をして、金を稼いでいる御仁であった。

「ああ、そうだが。おかみ、何でそんな事を、問うて来るんだ？」

するとお筆は眉を顰(ひそ)め、筆耕について語り始めた。

「いえ、わたしにも何人か、筆耕をしてる知り合いがいましてね。皆、そりゃあ字が上手(うま)くって、色々な所に書いて稼いでますよ」

だが、それでも、だ。

「筆耕で、お大尽と名のるほど実入りの良い職人は、見た事がないんですよ。私の亭主は長屋の差配だけど、九尺二間、うちでも狭くて安い方の長屋に、筆耕をしてる人が住んでるくらいだもの」

　なのに多磨国は、自らをお大尽だというのだ。そう名のるだけあって、新しく良い身なりをしている。だから親から大金でも残されたのかと、お筆はまず考えた。だが。

「妾を囲うほど金があっても、筆耕は辞めてないんですか？　何か妙ですねえ」

　本当に多磨国は、妾奉公をするおなごを探している者なのか。お筆は、お菊の事が心配になってきたと口にした。

「妙な出会いじゃあったけど、とにかく縁があった娘さんだから」

　困った時に、都合の良い話が湧いて出たら、一度、落ち着いて考えなくては駄目なのだ。亭主は長屋の皆に、いつもそう言っている。

多磨国は筆耕にしては、身なりが良すぎる。それが恐いと、お筆は続けた。

「もしかしたら本当はあんた、女衒じゃないの？　調子の良い話で若いお菊さんを釣って、その内、遠くの宿場へでも、女郎としてたたき売るつもりかも」

だからそんなに、良い身なりをしているんだろうと、お筆は言ったのだ。すると多磨国は口を歪め、馬鹿馬鹿しいと言い切った。

だが、ここでお琴が話し始めると、多磨国が驚いた顔で眉を引き上げる。お琴はお筆の後ろにいたので、姿が見えていなかったらしい。

「あの、さっきから気になってるんですけど。多磨国さんは、うちの福屋のお客かしら。あら、違うんですか」

しかし、どこかで会った事がある気がすると、お琴は口にした。多磨国が本当に筆耕で、しかもお大尽だとなれば、珍しい立場だ。会っていれば、覚えていても良い気がするのに、お琴は思い出せないと首を傾げた。

「でも、何か気になって」

「やれ、お菊さんに会いに来ただけなのに、あれこれ言われるとは驚いた。もうおれは行くよ」

多磨国は顔を顰めると、さっさと一軒家から去ろうとする。だが、狭い路地に表から人が入ってきて、道を塞いだ。人の姿になっている妖、場久と屏風のぞきが、一軒家へ帰ってきたのだ。

金次が驚いた事に、何故だか二人は後ろに、富突の世話人を連れていた。

「おう良かった、一軒家に金次さんがいる」

屏風のぞきは会えて良かったといい、金次へ、世話人を連れてきた訳を語った。

「あたしはおなご三人の事で、場久さんと増上寺へ行ってみたんだ」

二人は、寺へ行けば何か分かるかもしれないと思ったのだ。ところが。

「今、寺に居る人達は、もちろん何も承知してなかった。その上、三枚現れた当たり富札の件も、未だに片付いちゃいなかったんだ」

だからか世話人達は、金目当てに、長崎屋へ現れたと言うおなご達の事を、反対に知りたがった。よってこうして、屏風のぞき達に付いてきてしまったのだ。

「世話役さんは、おなご三人から話を聞きたいんだと。金次さん、済まないが、その話をするのにちょいと、一軒家の板間を貸してくれないか」

屏風のぞきに言われて頷きはしたものの、金次は困った。

「でもさ、お菊さんはさっき話を終えて、長屋へ帰っちまったよ。もう、金も要らないとさ。今、この多磨国さんにも、そう言ったところなんだ」

「多磨国さん？」

聞き慣れない名前であったからか、皆の目が、そろそろと一軒家から離れようとしていた多磨国へと向かう。途端、富突の世話人が片眉を上げ、多磨国へ声を掛けた。

「おや、あんた。多磨国なんて名も、名のってたのかい。俳号か何かかい？」

それにしても今日は、身なりが良い。どうしたのかと世話人が言った時、急にお琴が、ぽんと手を打った。

「分かった！　多磨国なんて言うから、誰だか分からなかったんだよ。そうだ、この人は、あたしに富札をくれるって言った職人、印判師さんのお友達じゃないか。そう、筆耕の和助(わすけ)さんだよ」

いつも地味な格好で、印判師の背後にいた。だから、いきなり身なりが立派になると、見違えてしまったのだ。

「でも魂消(たまげ)たよぉ。今日は何で、そんななりをしてるんです？　本当にお妾さんを探してるの？」

「お妾？　和助さんが、囲うっていうのかい？」

お琴の言葉を聞き、世話人が目を見開いている。だが和助へ何かを言う前に、今度は金次が手を打ち、大きな声を上げた。

「分かった！　そうか、そうだったんだ！」

「あれま、金次さん。一人で何を、納得してるんです？」

おしろが首を傾げる前で、金次は多磨国……ではなく、和助へ近づいた。

「和助さん、あんた、筆耕なんだよな」

そして、お琴の茶屋で一緒にいたのは、印判師の連れだという。

「その印判師とあんただが、同じ札屋で仕事をしてるんじゃないのかい？」

うん、きっとそうに違いないと、金次は言い切った。つまり。

「あんた達二人は、今度の富札の騒ぎと、関係があるんじゃないのかね？　いや、関係が大ありだと思う」

金次が恐い様な笑いを浮かべ、和助を見た。その顔は、引きつっている。

「凄いよ。あたしときたら、事を見抜いたんじゃないかね」

「はて、金次さんとやら。急に何を言い出したんです？」

話が見えないようで、世話人や、周りに来ていた野次馬が、首を傾げる。するとその時、立派な身なりの和助が、ふわりと動いた。金次から飛び退くと、家の前に立っていたお琴へ手を伸ばし、腕を摑んで一軒家へ引き込んだのだ。

「やだっ、何するのっ」

お琴が大きな声を上げたものだから、お筆が横から、和助の手を払おうとする。すると和助は土間へお筆を突き飛ばし、自分も一軒家へ入ってしまった。

「何するんですかっ」

おしろが眉を引き上げ、慌てて転んだお筆へ駆け寄る。金次は和助へ詰め寄ったが、その時手妻のように、和助の手に包丁が現れたものだから、土間へ転がって逃げた。

途端、和助は戸を閉め心張り棒を内から掛けてしまった。そしてお琴の手を摑んだまま、土間に居た三人に、部屋の隅へいけと命じてくる。

「おいっ、無茶は止めときなっ」

金次は一寸呆然とし、とにかく和助へ言ってみた。この家は妖のたまり場、長崎屋の一軒家なのだ。

(こんな所で馬鹿をしたら、あんた、とんでもない事になるかもしれねえよ)

思わずそう言いそうになったが、しかし口をつぐむしかない。今、部屋にはおなご達がいた。外には近所の者達も、増上寺の世話人もいる。聞かれては拙い事が、山とあるのだ。

(ああ、まどろっこしいな)

これが、人の顔をして町中で住む事なのだと、金次は改めて思い、口をへの字にする。

すると幾らも経たない内に、事の剣呑さが分かってきたのか、表に残った者達が騒ぎ出した。板間の窓へ目を向けると、障子の隙間から、右往左往している野次馬達が見える。

「いきなり和助さんが、とんでもない事をしたんで、魂消ているのかね」

そうしている間に、長崎屋へも知らせが行ったに違いない。若だんなが駆けてくる姿が、窓の外に見えた気がして、金次が唸った。

「ありゃあ。来ちまったぞ。心配してるぞ。若だんなが熱を出したら、仁吉さんや佐助さんが癇癪を起こすな、きっと」

「離れの皆が集まって、この暑い中、あたし達を、布団むしにしそうですね」

おしろも眉尻を下げた。多分、岡っ引きも呼ばれているのだろうが、日限の親分は、まだいないようだ。

それにしても、だ。

「はて、この後、どうすりゃいいんだ？」

金次はそう言うと、物騒な和助をまた見て、溜息をついた。

金次は貧乏神だから、本気で今から和助に祟れば、馬鹿な振る舞いを終わらせる事も、出来る気がする。

（いっそ、氷漬けにでもしてやりたいな）

だが……そんなことをしたら、後できっと、一騒ぎ起きる。奇妙な事が起きた一軒家の家主として、若だんなは町役人から、あれこれ聞かれるに違いない。

（若だんなは、疲れて寝こむわな）

兄や達が癇癪を起こし、金次は逃げ回る事になる。

（はてはて、どうしたもんか）

それでも、貧乏神に刃物を突きつけたのだから、無事で居させるのも業腹（ごうはら）であった。金次は目を細めると、まずは馬鹿をしている男を、板間から睨む。そして、怖がるばかりで、何故こんな事が起きたのか、訳の分からない顔のおなごたちへ、事情を話し出した。

ゆっくり話していれば、その内、和助の頭も冷えて、包丁を置くかもしれないと、少しばかり期待してもいた。

何しろ一軒家の鳴家が、大きく鳴きだしている。長崎屋の妖達が、影内に来ている気がした。

6

「和助さん、さっきも聞いたけど、あんたと友達の印判師は、二人とも同じ札屋で、仕事をしてたんじゃないかい？」

札屋とは、富札を扱う店だ。そこでは一枚に二朱も払えない客達の為に、本札を札屋に止め、分割して安い値で富札を売ったりもする。

「割り札だね。その札にも、印判師が作った印を押し、札屋の筆耕が字を書くのかね」

つまり二人の職人が手がけた割り札は、本物の富札として、きちんと世間で売られている物なのではないか。だから。

「二人がその気になりゃあ、売っている札とそっくりな札を作る事くらい、出来るんじゃねえか？」

札屋から注文を受け、作ったものと同じ札を、作ればいいだけなのだ。そして、店の印を押した紙を持ち帰り、自分達で字を書き入れると、内々に安く買った札だと人に言って、こっそり売っていた。

「きゅべ？」

「えっ？　和助さん達、影富をしてたんですか？」

お琴が思わず、横の男へ目を向ける。しかし金次は、首を横に振った。

「影富ってぇのは、ちゃんと仕切る者がいる。ありゃあ、結構大枚が絡む話なんだ」

だから職人が勝手に手を出したら、多分、恐い事になる。

「それくらい、和助さん達も心得ているだろうさ」

だからこっそり、ほんの少し、自分達で富札を、余分に作ったのではないか。金次は当たりが二枚しか無い筈が、三枚あった富札の割り札を思いだしていた。

富札は外れれば、竈の焚き付けにでもなる代物だ。そして、そうそう当たるものでもない。

「一回に一枚、二枚、余分に作って売るくらいなら、誤魔化せそうな気がしたのかね」

それでも富札を作るたび、幾らか手に出来れば、長屋暮らしの者にとって、随分嬉しい余禄になる。

「そうじゃないのかい？　和助さん」

金次の言葉が一軒家の板間に響くと、和助の顔が、一段と引きつった。

「それにさ、もし万一、増やした札が当たっちまっても、だ。一度ならきっと誤魔化せる。そう、高をくくったんじゃねえか？」

当たりの額が、五両、十両という小さなものだったら、あり得たかもしれない。うっかり同じ数を書いたと言い、土下座して謝れば、札屋も富突をした寺も、大事にはしなかったかもしれないと、金次も思う。

「富突で、そんな事があったとなれば、大事に化けてしまうからな」

その富に関わった者も、ただでは済まなくなる。隠した方が楽だとなれば、札屋がもみ消す事もあり得たのだ。

「ただ、世の中で起きる事は、人の都合に合わせちゃくれないんだ」

今回、危うい富くじは、とんでもない事に化けてしまったのだ。

「たまたま今回、和助さんの書いた割り札が、当たっちまった。それも、だ」

大あたりの三百両。その札となったのだ。そんな大金では、札屋も誤魔化せない。いや、下手に誤魔化し、後で露見してしまったら、関わった寺では二度と、富突が出来なくなるかもしれなかった。

「それで皆、急ぎ事を調べ始めた。和助さん、あんたと印判師の友は、追い詰められちまったんだ」

だから。

「印判師は、もう江戸から逃げたのかい？　和助さんは……お大尽のふりをして、最後にぱっと楽しむ気だったのかね？」

それともやけになり、心中相手でも探していて、妾奉公先を求めていた、お菊に目を向けたのか。ずっと一枚、二枚の富札を誤魔化していただけなら、直ぐに上方へ逃げるほどの蓄えすら、和助には無かったのだろう。

「えっ……心中？　嫌だ、あたし、この人と死にたくないっ」

金次の言葉を聞いたお琴が、顔色を青くする。

(はてはて、どうしたものやら)

金次がまた溜息をついたその時、一軒家で、一段と大きく鳴家の声がし始めた。

「ぎゅいぎゅい」

「きゅべきゅべ」

「きゅい、きゅんい？」

「ぎょべー」

家が激しく軋むと、和助や二人のおなごが、一層不安げになった。

(凄い鳴き声だ。妖の誰かが、近寄って来てるのかね)

金次は目を、影の内へと向けてみた。表から一軒家の中が見えないので、影内から妖の一人が、近づいてきたのかと思ったのだ。

（突然、一軒家の内に現れたら、拙いよねえ）

一軒家には今、妖や和助の他に、二人のおなごがいた。長崎屋の妖が、一軒家へひょいと出て来てしまったら、この二人を上手く誤魔化せるのだろうか。金次は渋団扇をぱたぱたと扇ぎながら、珍しくも大いに困っていた。

金次は包丁を取り上げ、お琴を助けようという、殊勝な事は露ほども考えていない。なのに気がつけば、大いに頭の痛い立場に、追い込まれていた。

（はて、何であたしは、こんなに困ってるんだ？）

己は貧乏神なのだ。いざとなったら一軒家から離れ、風に吹かれた枯れ葉のように、どこかへ飛んで消えれば良いだけではないか。それが己らしいと思う。周りの者や妖達だとて、それで不思議にも思わない気がする。

何も困る事など、ない筈だ。

（でも困ってる！　何故だ。はてはて）

すると、その時。

金次は己が覚えている限りで、一番魂消た。多分、目は皿のように、大きく見開かれているに違いない。思わず声が、口からこぼれ出ていた。

「げげっ、若だんなっ」

仁吉や佐助は、一体何をしているというのだろうか。暑いからか、緊張でもしているのか、若だんなが顔を赤くしつつ、長くて大きな蕎麦打ちの棒と、何やら丸いものを片手に、一軒家へ忍び込んできたのだ。

和助は既に表の戸だけでなく、台所脇の出入り口も、心張り棒で開かないようにしていた。だが何しろ一軒家なのだ。出入り出来る所は多く、若だんなは一階にあるおしろの部屋の方から、そっと入り込んで来てしまった。和助は庭から、横手の部屋へ上がれる事には、頭が回らなかったらしい。

(おいおいおい、兄やさん達はどこだ。若だんなに何かあっても、あたしのせいじゃないぞっ)

金次は間違っても若だんなに、蕎麦打ち棒を片手に、包丁へ立ち向かってくれとは思わない。こんなに動き回っては、この場で寝こみそうではないか。

若だんなが万一、怪我でもした日には……兄や二人が癇癪を起こし、金次の寿命が縮む気がする。貧乏神なのに、真剣に恐かった。

なのに何故だか、妙に嬉しかった。

（何でだ？　はてはて）

　すると。

「あ、あらら」

　この時、横にいたおしろも、若だんなの姿を見つけたらしい。余程魂消たのか、着物の裾から二股の尻尾を出している。

（こうなったら、お琴の事もお筆の事も、二の次、三の次だな）

　金次はおしろに向け頷いた。とにかく和助に見つかる前に、若だんなを表へ出さねばならない。

　おしろと金次は目配せで事を決めると、まずはおしろが囮となり、大きく動いて、和助の目を引いた。金次はその間に和助から離れ、おしろの部屋から若だんなを連れて、表へ飛び出す算段だ。

（若だんなが、勇気を出しちまわない内に。早く逃がさなきゃ）

　ところが、おしろが急に動いて妙に思えたのか、金次の方が気になっていたのか、和助は金次が動いた途端、後をついて来てしまったのだ。

　しかし、お琴の手を握ったままだったので、重しを引っ張っている格好になり、身軽には動けないでいる。お琴は今の今、和助が心中相手を探しているという話を、聞いた所であった。何としても早く、和助から離れようともがいていたのだ。

その隙に、金次は見られている事を承知で、おしろの部屋へ飛び込んだ。

「えっ、そっちにも部屋が……」

一軒家に、目を配っていない場所があると、気がついたに違いない。和助はお琴の手を離すと、必死の形相で後を追ってきた。

するとその隙に、おしろがお筆の手を摑み、お琴の袖も引っ張ると、表の戸を閉めていた、心張り棒を蹴っ飛ばした。三人が表へ飛び出してゆくのが、金次の目の端に映り、わっと声が上がるのも聞こえた。そして。

和助が、おしろの部屋へ飛び込んで行った途端、目前にいた若だんなが動き、金次は立ちすくんでしまった。

若だんなは、包丁を持った和助と対峙するのに、蕎麦打ち棒は使わなかった。その代わり、手にしていた小さなお盆を構えると、それをかわらけでも投げるように、和助へ放ったのだ。

「ひゃっ」

まさかお盆が己を目ざし、飛んで来るとは思わなかったのだろう。和助は包丁を持った手で、それを必死にはたき落とした。

だが大きく動いたので、その身に隙が出来た。もはやおなごたちの居なくなった一軒家で、影の内から幾つもの手が湧き出てくると、さっと和助の足を掴む。着物を掴む。その内、腕までも掴まれ、和助は包丁を落としてしまった。

「おっ、やったか」

金次が大きく息をついたその時、全(すべ)てが終わった筈の一軒家に、今更ながらの悲鳴が響いた。

「ひえっ、仁吉っ、佐助っ」

悲鳴を上げたのは若だんなで、障子が開け放たれたおしろの部屋から、一軒家の横手へ目を向けている。

そこには二人の兄や達が立っていて、蕎麦打ち棒を抱えた若だんなへ、針のように細くなった黒目を向けてきていた。

一軒家が、また大きく軋んだ。

一体どうして、若だんなが包丁を持った男に立ち向かう為、一軒家へ行く事になったのか。長崎屋の離れではその件が、富突の誤魔化しよりも、重大な事として扱われた。

よって若だんなは、夏なのに布団にくるまれたあげく、暑くて熱を出し、やっぱり寝こんでしまった。

兄や達は、金次の頭に瘤を二つもこしらえたし、屛風のぞきまでが、何故だか兄や二人の怒りに巻き込まれ、寸の間、井戸に吊されていた。

若だんなの言い分は、誠に単純なものであった。

「だって、心配だったから。頑張って、助けに行ったんだよ」

「頑張らないで下さい」

兄や達の目は、暫く針のようなままであった。だから。

金次は三つ目の瘤はご免だとばかり、若だんなへ頼み事をしたのだ。

「やれやれ。若だんな、暫くせっせと、目ざしでも喰ってくれ。そうすればちょいと早く、兄やさんたちの機嫌が直るだろう」

「うん……でも、佐助も仁吉も、何でこんなに怒ってるんだろう。私だってそろそろ、男として立つように、しなきゃいけないと思うんだけど」

すると、屛風の中でそっぽを向いていた屛風のぞきが、振り向いて溜息を漏らした。

「でもなぁ、若だんな。蕎麦打ち棒は、包丁と戦う得物じゃない。そいつを抱えて、包丁男に立ち向かわなくっても、いいと思うぞ」

「きゅいきゅい」

「……そうなの？」

　でも若だんなは、嫌であったというのだ。一軒家も長崎屋の離れも、若だんなと皆にとって、ほっとする場所だと思っていたという。そこで和助は、包丁を振りかざしたのだ。

「凄く、嫌だった」

　金次も、そうだったなと言い、小さく頷いた。鳴家達もうんうんと頷くと、おしろと屏風のぞきが、一瞬逃げ出すような素振りを見せた。

　だが……二人が踏みとどまった所へ、またごつんと、佐助の拳固が降ってくる。しかし何故だか今回は、瘤が出来なかった。

　一方仁吉は、ここで若だんなへ、とっときの一杯を差し出してきた。それから飲み終わったら、やっと始末がついたらしい富くじの件を、皆に話してくれるという。

　若だんなは、薬湯を全部飲むしかなかった。

「和助と、その友の印判師ですが。増上寺も札屋も、今回の件は表向き、責を問わないと決めたようです」

仁吉が落ち着いた声で話し出し、金次が片眉(かたまゆ)を引き上げる。

「おや優しいね。まあ、誤魔化して売った富札は、一度に一、二枚だったからかな」

佐助がふっと笑った。

「そんな事より、富突で不正有りと上に知れるのが、恐かったようです。富札を売れなくなったら、寺や札屋へ入って来る金が、それは大きく減るでしょうから」

それでなくとも、お上が富くじを止めさせるのではと、恐い噂(うわさ)が時々流れているのだ。お上へその口実を与えるのは、嫌だったのだろう。若だんなが近所の者へ、酒などふるまったので、町の噂は止んでいった。事は何となく、収まっていったのだ。

「二人は勿論、札屋や寺への出入りが禁止となりました」

内々で拙(まず)い噂が立ち、江戸での仕事は難しいと、和助も西へ向かったらしい。印判師も筆耕も、仕事がやれる地は限られるだろうから、二人とも、目指した先は大坂辺りだろうと思われた。

「もう、馬鹿(ばか)をしないといいのですが」

今回のように、誤魔化した札が大あたりとなって、事が露見したのは、まだ幸運であったと佐助は言う。和助達がやったのは、数こそ少なかったが、影富と同じ事であった。しかも、金次に札を渡した男が、買えたという事は、結構安く売っていたはずだ。

　だから、それを仕切っている地回りにでも見つかっていたら、幾ら、一枚二枚だと言い訳しても、簀巻きにされて川へ放り込まれかねなかったのだ。

「金が大きく動く事には、大概既に、恐い御仁らが関わってます。自力で逃げ切る事が出来ないんなら、甘い汁だけ吸おうなんて、考えちゃいけませんね」

　すると鳴家達が、若だんなの飲んだ薬湯の碗を覗き込んでから、大いに頷いた。

「きゅい、確かに苦い。甘くない」

　小鬼達が何匹も、顰め面を浮かべているので、若だんなが笑いだし、では甘い物でも買ってあげようねと小鬼へ言う。

「きゅん」

　鳴家達は喜んだが、仁吉はきっぱり、今日表へ出ては駄目だという。「きゅわきゅわ」「ぎょべぎょべ」鳴き声が上がったので、しょうがねえなと言ってから、金次が立ち上がった。

「じゃあ、先に喰い損ねた饅頭と、羊羹を買ってくるよ。金おくれ」

　それから、はて自分は何だって、使いに行くのかと、金次はつぶやいた。すると今日は、他の妖が直ぐに答えを返してきたので、頷いて笑い、表へほてほてと出かけて行く。

屏風のぞきは、思わぬ事を言ってきたのだ。

「使いに行くのは、帰る場所があるからだな。旅や引っ越しなら、行ったっきり、出かけたまんまだ。帰っては来ないよ」

「なる程ねえ。確かにそうだ」

だから……金次は今日こそは饅頭を、無事に離れへ持って帰るのだ。

金次が部屋から出ると、後ろでおしろが、お菊へは何としても、自分が良い相手を見つけると言っている。その話で、今日の酒盛りも盛りあがりそうだと言い、化け狐が喜んだ。

「金次さんも甘い物と一緒に、早く戻って来て下さいね」

待ってます。饅頭は欠かさないでと言い、皆が手を振ってくる。時々包丁を振りかざす者はいたが、今日も誠に穏やかな夏の日であった。

「しっかしな、貧乏神を楽しみに待ってて、いいもんかね」

金次はそう言ってから笑うと、夏の道へ踏み出していった。

あいしょう

1

仁吉は千年以上、一人のお方の側にいた。おぎんと呼ばれ、齢三千年とも言われる大妖、皮衣と共に生きていたのだ。

おぎんは妖の身ながら、好いた相手である並の人、鈴君が生まれ変わるのを待ち、仁吉と共に、ずっと人の世で暮らしていた。そして江戸という世になって、二百年程たったある日、仁吉はおぎんの側から離れた。江戸でまた鈴君と巡り会ったからだ。二人は幸せに暮らし、娘おたえも得ていた。

ところがおぎんは今から六年前に、突然江戸を去った。やっと巡り会った鈴君とも離れたのだ。娘おたえの為、荼枳尼天様にお仕えする事となり、神の庭へ移り住んだ。

すると仁吉もその庭に呼ばれた。仁吉は、おぎんから頼まれた事をなす為、再びおぎんの近くで毎日を過ごす事になったのだ。

しかし。

先日おぎんは、思っていたのより少し早く江戸へ行って欲しいと、仁吉に告げた。それで仁吉は、数年馴染んだ地、荼枳尼天様の庭をその目に焼き付ける事になった。

(ああ、約束の日が来たんだ)

仁吉は再び、おぎんと離れねばならないのだ。江戸の薬種問屋へゆき、今五つになるおぎんの孫息子、一太郎の行く末を見守って欲しい。おぎんは仁吉に、そう願っていた。

(勿論私は、おぎん様との約束を果たす。その為にこの庭へ来たんだ。子供の事についても、学んできたんじゃないか)

だが仁吉の本性は人ではなく、万物を知るという白沢だ。よって子供などいる筈もなく、ましてや子守など、初めてすることになる。正直に言えば、子をあやした事すらなかった。しかも。

「五つの一太郎ぼっちゃんは、それはひ弱だという話だ」

よっておぎんは、孫の事が心配でならないのだ。自分が大妖皮衣である故、孫の身に、並よりも恐ろしい事が起きるのではないかと考え、放っておく事が出来ない。それで誰よりも信頼しているからと言い、仁吉へ頭を下げ、孫を託してきたのだ。

「うん、だから私がそのお子をきっと、丈夫にして差し上げよう。守り切ってもみせる」

そうすればきっと、おぎんは喜んでくれる筈であった。仁吉より後に、佐助という名の犬神も神の庭へ来て、共に江戸へ行くことになったと聞いたとき、おぎんは余程、一太郎の事を案じているに違いないと知った。

(しかし千年の時の果てに、こんな決意をしようとは、己でも意外だったな)

ただ一つだけ、引っかかっている事があった。仁吉は未だ、守の相棒がいる事に、納得していないのだ。

(何故、一太郎ぼっちゃんを守るのに、もう一人必要なのだ?)

おまけにその守は妖で、五百年も前に会っただけの縁しかない、犬神であった。確かに当時、仁吉も助けて貰ったが、既に顔すらおぼろげになっていた相手だ。

(そんな縁の薄い奴に、ぼっちゃんを託そうとなさるなんて。おぎん様ときたら不用心な)

おまけにあの犬神ときたら、一太郎の兄やになると決った後、何年も神の庭で過ごしているのに、未だ、いささか粗暴に見える。それで仁吉は、自分一人でぼっちゃんを育てた方が良いという考えを、捨てきれないでいるのだ。つまり、だ。

（気に食わん。佐助の事は、よく分からん）

（気に食わん。あの犬神に、子守ができるのか？）

（気に食わん。子供の姿になっても、佐助の目つきは鋭い事がある。あの黒目、針のようになるではないか）

仁吉の頭の中には、様々な佐助への不満が、湧いていた。しかし危惧の念を伝えても、おぎんは平気な顔をしているのだ。

「やれやれ。江戸の暮らしはどうなることか」

仁吉と佐助は、今はろくに顔を合わせる事もない。しかしこの先、江戸の長崎屋で暮らす事になれば、そうはいかないと分かっていた。

「先々、あいつと上手くやっていけるのかね」

正直に言えば、不安が募っているが、江戸へ向かう日は迫っていた。仁吉はぐっと唇を嚙むと、楽しみにしている事へ考えを向けてみる。

（化け狐達によると、五つの一太郎ぼっちゃんは、おぎん様に、それは似ているとの事だ）

きっと優しく、器量も良い子なのに違いない。仁吉は大きく頷いた。

「ならば、うんと可愛がる事ができよう」

育てばおぎんのように、多くの妖達を束ねるようになるだろう。そういう器量の持ち主だと、仁吉は勝手に思い定めていた。

「つまり犬神など、居ても居なくても同じ事。放っておけばよいのだ。江戸にはきっと、やりがいのある日々が待っている筈だ」

それから仁吉は、程なく出て行く神の地を、もう一度ゆっくりと眺めた。荼枳尼天の庭では、雨粒よりも小さいきらきらとしたものが、辺りで飛び跳ねているような気がした。


佐助は神の庭から、久方ぶりに江戸の地へ戻った時、通町の賑やかな大通りを眺め、懐かしい気持ちになった。

かつて、己を生み出して下さった弘法大師を失った後、佐助は随分長い間、一人、旅を続けていたのだ。人の多い大通りも、山中の険しい道も、佐助にとっては馴染んだものであった。

（そのあたしが、神の庭という場所に、長く居たとはね。そして、いよいよこれから、あそこに見える長崎屋に、落ち着こうとしてるんだから）

茶枳尼天に仕えている大妖、齢三千年のおぎんに関わった故と、分かっている。佐助に今の名をくれ、ずっと気に掛けていてくれた、ありがたいお方であった。

佐助が妖として終わり、紙と墨に変わってしまわなかったのは、おぎんのおかげであった。そのおぎんから頼まれたのだ。孫息子の一太郎を、一心に守っていきたいと思う。

「神の庭にいた妖らによると、一太郎ぼっちゃんは、おぎん様に似ているそうだ」

ならばきっとその内、情に厚い、立派な者となる筈であった。佐助はおぎんから、きっと懐(なつ)くと言われた幼子に会うのを、楽しみにしているのだ。

ただ。

「何で子育ての相方が、あの仁吉なんだ?」

おぎんから一太郎の事を頼まれた時、相棒、仁吉の話は聞いた。仁吉とは五百年も前の事だが、出会ってもいる。

「だがなぁ、あの男と親しい訳じゃないし」

勿論、ぼっちゃんの兄やになると決ったので、この数年間同じ庭にいた。お互い長く長く生きているのだから、会えば如才なく話もした。しかし何故だか未だに、二人の付き合いは濃くなっていないのだ。

「これからこの江戸で、長く同じ屋根の下で暮らすんだが。大丈夫なのかね」

佐助は一つ、溜息(ためいき)をついた。

しかし、だ。考えてみると長崎屋には、おぎんの娘、おたえもいる筈であった。その連れ合いも、奉公人達も暮らしており、仁吉のみと共に過ごす訳ではない。それならば神の庭での暮らしと、大して変わらない筈ではないか。

「なのに何で、あいつのことを考えると、眉間(みけん)に皺(しわ)が寄るんだろうね」

仁吉は神獣と言われる白沢であり、余りにご立派そうなので、己は腰が引けているのだろうか。あちらが佐助の事を、犬神程度と思っている気がするのは、考えすぎか。

それとも……ただ、あの相棒が、気にくわないだけなのだろうか。

「とにかくあたしはあの仁吉さんと、これからおぎん様の孫を守っていかねばならないんだ」

大妖皮衣の孫であれば、この先危うい目に遭うことも、確かにあるかもしれない。

「何があろうと、一太郎ぼっちゃんだけは、ちゃんと守り通さなきゃな」

その為に佐助は一旦(いったん)、神の庭へ来て、色々学んでいたのだ。つまり仁吉と、角突き合わせている場合ではなかった。

「なに、ぼっちゃんは良い子だという。育てるのは、張り合いがある事だろう」

仁吉という、余分な者の事は頭の内から振り払い、佐助はまず、楽しみな事だけ思い浮かべた。そして笑みを浮かべると、賑わう道を長崎屋へと向かった。

2

夏の強い日差しの下、飴や金魚を売る振り売り達の声が、廻船問屋長崎屋の塀の外を通り過ぎてゆく。仁吉と佐助が長崎屋へ顔を見せると、主である伊三郎が、二人を店の奥にある、離れへ連れていった。

(おぎん様の大事な鈴君、伊三郎旦那とは久しぶりに会うね)

子供姿になっている仁吉は、佐助と共に、生真面目な顔で伊三郎に従った。伊三郎は大妖のおぎんと、生まれ変わるたびに添ってきた強者であった。それ故、おぎんと一緒にいた仁吉は、伊三郎の事もよく知っているのだ。

(鈴君は人であるのに、何度生まれ変わっても、何故だかおぎん様の事を覚えていた)

つまり妖達がこの世にいる事を、今も承知している訳だ。神や鬼も本当におり、この世の他に、天やあの世の世界がある事もちゃんと分かっている、数少ない者なのだ。

「仁吉とは久しぶりだ。おぎんからの薬、届けてくれて助かったよ。そして、そちらが犬神の、佐助だね」

奉公人達から離れると、伊三郎は二人へ笑みを向け、おぎんから文を貰っていると告げた。二人はこの先、お江戸で一太郎と長く暮らす為、今は十位に見える姿になっているのだ。

伊三郎は仁吉から、おぎんが健勝だと聞くと、嬉しげに笑った。

「あの人は、相変わらず綺麗なんだろうね」

そして離れへ着くと、沓脱ぎの辺りから孫の名を呼んだ。

「一太郎、起きているかい」

すると萌葱色の蚊帳の奥で、小さな男の子が起き上がった。伊三郎は外廊下へ上がり、蚊帳の縁をめくって子供を蚊帳の外へ出し、仁吉達を孫の側へ呼ぶ。そして一太郎へ二人の事を、長崎屋へ来た奉公人だと話した。

伊三郎はここで更に、仁吉達の事を、妖だとはっきり言った。この先、一太郎を一生守る者達だと告げたのだ。

すると、幼い子供が問うて来たのは、とても可愛らしい一言だった。

「遊んでくれるの？」

二人が頷くと、一太郎が、それは嬉しそうな顔を向けてきたので、仁吉は思っていた通りの子だと頷いた。

（おぎん様、仁吉は一太郎ぼっちゃんに、立派に仕えてみせます）

横で佐助も、深く頷いている。

一方伊三郎はその後、おぎんが仁吉に持たせた丸薬を、一太郎に飲ませた。すると神の庭から届いた薬のおかげか、体の強ばりが取れ、一太郎は眠そうな顔になっていく。

ただ、寝入る前に一つ聞かれた。子供は二人が何者なのかを気にして、河童とか、幽霊ではないかと問うてきたのだ。それで。

「白沢と申します」

「犬神と申します」

二人はちゃんと名のったが、一太郎は眠そうな顔のまま、首を傾げている。程なく寝てしまい、その名の意味を、分かったかどうかも知れなかった。

すると。

その時、離れの寝間にあった屛風から、するりと妖が現れたのだ。その妖は屛風のぞきだと名のると、興味深げに二人を見てから、人である主人へ、にやりと笑みを向けた。

「伊三郎旦那。妖をわざわざ、ぼっちゃんに引き合わせに来るとは珍しいね。その餓鬼達、ぼっちゃんの遊び相手にする為、おぎん様が寄越したのかい？　せっかく人に化けているのに、小僧の姿だものねえ」

その推測は正しかったが、言い方が偉そうで、仁吉は気にくわなかった。派手な上、大した力も無さそうな付喪神より、どう考えてもこちらは、遥かに齢を重ねているのだ。

伊三郎はというと、付喪神の口調など気にもせず、丁寧に屏風のぞきへ説明を始めた。

「最近、この辺りで物騒な噂を聞くからね。少し兄や達が来るのを、早くして貰ったんだよ」

大店の子が攫われたとか、子供が川に流れたとか、剣呑な話が絶えない。賊がお店へ押し入ったという話まであって、通町界隈の主達は、店と家族のことを案じているのだ。おまけに一太郎は、また寝付いていたから、伊三郎はおぎんの丸薬も待っていた。

「へえ。でも旦那、この子供二人、役に立つのかね」

仁吉の黒目が細くなった。

(伊三郎旦那の前じゃあるけど。ここはどっちが上なのか、あの屏風のぞきへ示しとく方が良かろうな)

仁吉が拳を握りしめたその時、目の前で屏風のぞきが、急に頭を抱えてしゃがみ込んだ。隣にいた佐助が、同じように腹を立てたようで、付喪神へ先に、拳固をお見舞いしたのだ。

佐助も、齢千年ほどだと聞いている。つまりそれだけ長生きできる、強い妖には違いなかった。

「も、もの凄く痛てえ……」

「おやまあ佐助、喧嘩などしないでおくれ。この家には妖達が、結構住み着いているんだ。余所から人ならぬ者が、来たりもするしね」

伊三郎は、生まれ変わった今の世でも優しい人柄のようで、もの柔らかく佐助を止める。屏風のぞきを一睨みしてから、佐助は真面目な顔で謝った。

「申し訳ありません。側で喧嘩などしたら、ぼっちゃんが起きてしまいますね」

伊三郎は苦笑を浮かべ、妖が長崎屋で暮らすのに必要な事を、ここであれこれ語り出した。娘であるおたえの婿、藤兵衛は並の人であること。それ故、義母にあたるおぎんの素性も、妖達が店にいる事も知らないという。

　しかし、江戸でも一、二を争う繁華な町のど真ん中でも、妖達は、数多暮らしてるのだ。長崎屋では、庭の稲荷神の祠にも、おたえを守る化け狐達が大勢いた。

「分からない事があったら、化け狐に聞いてみなさい。あれも、おぎんが寄越した妖だ。色々承知してるよ」

　仁吉達はその話を、神妙な顔で聞いていたが、佐助に殴られた付喪神の方は、さっきから横で文句を重ねていた。

「畜生。強い妖だと思って、昔からこの屋にいるあたしを殴ったね。馬鹿にしたな」

　この先、長崎屋で暮らすなら、屏風のぞきに聞かねばならない事とて、色々あるに違いないのだ。なのに二人は付喪神を、小馬鹿にしたと言い、黙らなかった。

「忘れないからね。謝るまで、許してやらねえぞ！」

「ぎゅべー」

　見れば付喪神の後ろに、沢山の鳴家達も現れ、屏風に半分隠れながら、きゅわきゅわ鳴いている。ぼっちゃんに害がないか、仁吉が一匹捕まえ確かめてみようとしたら、揃って影の内へ逃げてしまった。

　すると伊三郎が笑い、小鬼達は一太郎の友だから、好きにさせておきなさいと言ってくる。佐助が片眉を上げ、まじめくさった顔で頷いた。

「ああ、小鬼は玩具の代わりって事でしょうか。ありゃ、恐い顔でぎゅいぎゅい言ってるぞ。何か不満なのかな」

我らは立派なのだとか、一番だとか、妙な言葉が聞こえたが、仁吉は放っておいた。一太郎がぐっすり寝たままだったからで、つまり大事なのは、そういう事であった。

「とにかく、ぼっちゃんがご無事であればいいんです。そうでございますよね」

伊三郎は一瞬、心配げな顔つきとなったが、おぎんが選んだ兄や達だからねえと言い、頷いている。そして伊三郎は、二人は今後特別に、母屋ではなく、この離れで寝起きするよう言った。

夜の内に、良からぬ妖などが入り込んでも、二人がいれば一太郎を守れるからだ。

「おぎんがいなくなってから、妖の事を承知している私が、なるだけ一太郎の側にいるようにしてる。離れで寝起きもしているんだ」

しかし伊三郎も人なので、孫を守りきれないかもしれない。

「だから私では足りない所を、仁吉や佐助が補っておくれ。頼りにしているよ」

佐助と仁吉が、揃って頷いた。

「お任せ下さい。この佐助が、江戸に住まう他の妖達など、蹴散らしてご覧にいれます」

「この仁吉がいれば、どの妖らと合戦になっても、まずは負けません。ご安心を」

二人は頼もしくも物騒な言葉を口にすると、伊三郎は何故だかまた苦笑を浮かべた。それから、二人に重い紙入れを渡してきたので、中を改めると、金子(きんす)が沢山入っている。それは一太郎の小遣いなのだと言った。

「表に甘酒やしゃぼんの振り売りが通ると、欲しがる事があるから、その金で買っておくれ。仁吉達が必要な物も、買っていいからね。足らなくなったら、また足すから」

もっとも伊三郎によると、一太郎は食も細く、その上、玩具も山と持っているので、ほとんどねだったりはしないらしい。

「承知しました」

仁吉達は頷いた。どうやら幼い一太郎には、甘く甘く接しても良いようだ。おぎんの大事な孫であるから、それは望むところであった。

伊三郎は、もう一度寝ている一太郎へ目を向けてから、二人をこれから、長崎屋の皆に紹介すると言ってきた。仁吉達は小僧として長崎屋に来たのだから、おたえ達や奉公人らに、まず顔を覚えて貰わねばならないのだ。

仁吉と佐助は、もう一度蚊帳の中へ目を向けてから、母屋に向かった。

3

佐助達は大勢に挨拶をし、頭を下げた。そして長崎屋で小僧が何をやるべきか、店の皆から山ほどあれこれ言われたのだ。

だが伊三郎が二人の事を、一太郎の遊び相手にもしたいと言い、おたえが頷いたので、それでも顔合わせは短く終わったらしい。佐助も仁吉も、長く長く生きてきた者で、店で働いた事もあった。よって今更仕事の事を聞かなくとも、それなりに如才なく、長崎屋で働く事は出来る筈なのだ。

そして、ようよう母屋での話が終わり、離れの部屋へ布団を運び入れた後、佐助達は直ぐ一太郎を見に行った。

ところが、寝床は何故だか空になっていた。

「はて。厠へでも、行ったのかな?」

佐助が首を傾げた時、仁吉は既に駆けだし、厠へ確かめに行った。だが直ぐに戻ると、幼子の姿はないという。佐助は事情を聞こうと、部屋の隅にある屏風へ目を向けた。だが。

「仁吉、あの派手な妖もいないぞ」

「まさかあの阿呆、ぼっちゃんを外へ連れだしたんじゃなかろうな」

ここで佐助は、屏風の影に小さな姿を見つけ、それをあっという間に捕まえる。

「きゅんぴーっ」

悲鳴を上げたのは鳴家二匹で、佐助に睨まれ、震え上がっていた。

「ぼっちゃんは、どこへ行った。屏風のぞきもいないのは、どうしてだ」

「ぎゅわーっ、こわい、知らないっ」

小鬼からは、ろくな返事が返ってこない。するとそこへ、何と当の付喪神が、大慌てで表から帰って来た。

「拙いや。ぼっちゃんが消えちまった。小鬼達を使いに出さなきゃ。化け狐達にも知らせなきゃ」

慌てた顔で急ぐ付喪神の前を、佐助が塞ぐ。

「何があった？　どうしてぼっちゃんが、離れにいないんだ？」

ところが。屏風のぞきときたら、とんでもない事を言ったのだ。

「あんたは確か、今日来た兄やの一人、佐助さんの方だな。子供姿のお前さんじゃ、役に立たん。化け狐を呼ぶから、どいとくれ」

「はあっ？」

佐助が眉をつり上げたにもかかわらず、屛風のぞきは小鬼を見つけると、直ぐにいつもの妖らを、離れへ呼ぶように言う。更に妖は、仁吉の方も無視して、庭にある小さな稲荷神社へと向かった。そこに化け狐達が巣くっているのだ。

「大変だっ、ぼっちゃんが……わあっ」

屛風のぞきは、宙に舞っていた。ぼっちゃん付きの自分達を外し、狐を頼る妖を、佐助は許しはしなかった。よって後ろから衿を摑み、放り投げたのだ。

「ぎゅえっ」

落ちた所で、潰れた蛙のような声を出した屛風のぞきを、佐助が上から見下ろす。一太郎がどうしたのかを恐い声で問うと、答える屛風のぞきの声が堅い。

「あのさ、そのさ、ぼっちゃんは、さっき目を覚ましたんだ。するとそこへ丁度、塀の外から、何やら声が聞こえてきたんだ」

生臭いような匂いがして、一瞬魚屋が来たのかと思ったが、空にしゃぼんの玉が舞ったので、しゃぼん売りだと分かった。すると一太郎は起きて、しゃぼんの玉へ寄って行った。屛風のぞきは、欲しいなら買えばいいじゃないかと言ってから、小遣いを持っている佐助達が、いない事を思い出したという。

「母屋へ行ったんだっけ」

店には人が多くいるから、妖は呼ぶのを一瞬戸惑った。だが一太郎が裏木戸へ向かって行くので、慌てて影内へ入った。

「ちょっと待ちなよ。今、兄やさん達を呼んでくるから」

ところが倉にでも行ったのか、母屋に二人の姿がない。

「探してる間に、しゃぼん売りの声は聞こえなくなってな。一旦離れへ戻ったんだ」

すると一太郎の姿が、離れの部屋から消えていたのだ。慌てて裏木戸から道へ出てみたが、そこには誰もいなかった。

「しゃぼん売りを、追いかけていったのか？」

「それがねえ、不思議なんだ。佐助さん、ぼっちゃんは、しゃぼんは好きだよ。でもさ、今まで勝手に表へ出た事なんか、なかったんだ」

一太郎は、いつも良い子だというか……良い子にしているしか無い程、寝付いてばかりの子であった。

「ただ、さ。さっきぼっちゃんは、丸薬を飲んだだろ。あれ、特別な薬だよな？　飲んだ後、いつになく具合が良さそうだった」

急に元気になったものだから、表へ出て行きたくなったのだろうか。そうとしか考えられず、屏風のぞきは仲間を大勢集め、直ぐに後を追おうとしていたのだ。

「人より妖の方が、見つけやすいだろ。地に潜れるし、空を飛ぶ奴もいるから……わあっ、話の途中だぞ。早、飛び出していくのか」

魂消る屏風のぞきを離れに残し、仁吉と佐助は裏手の木戸から、道へ踏み出していた。五つの子が一人で表へ出てしまったのだ、一寸でも早く、追いつくべきであった。

「あんたたち、しゃぼん売りの声がどっちへ向かってたのか、分かってるのかい」

「問う前に、行き先を示せ！」

佐助がびしりと言うと、付喪神は慌てて堀川沿いにある細い道の、北東の方角を指した。町屋がたて込んでいる方だと知り、仁吉と佐助が顔を顰める。横に堀川が流れていて、小さい子には危ない通りだった。

「狐達へも早く知らせろ。表を探すのには、人に化ける事が出来る妖がいい」

「だから今、そうしようとしてたんじゃないかっ」

文句を言いつつも、屏風のぞきは庭にある稲荷神の祠へとまた駆けてゆく。だが一寸止まると振り返って、木戸の外に居る佐助達へこう言った。

「あのさ、本当にぼっちゃんは、勝手に一人で表へ出る子じゃなかったんだ。しゃぼんが欲しいなら、ちゃんとそう言える子だ」

　何で今日に限って、一人で表へ出たのだろうか。屏風のぞきにはそれが、今も分からないのだ。

「しゃぼんがどうしても欲しい。ぼっちゃんがそう言ったなら、塀の内からしゃぼん売りに声を掛けて、金を取ってくる間、待ってて貰ったのに」

　なのに、一人でいなくなったのは、何故なのだろうか。

「分かんねえよ」

　そこまで言ったところで、屏風のぞきはまた駆けて行った。佐助と仁吉は顔を見合わせた後、とにかく表の道を先へと急ぐ。

　一太郎は、五つの子供なのだ。ただしゃぼん売りを追っていっただけなら、走れば程なく、追いつく筈であった。後から化け狐達が現れる頃には、見つけているだろう。狐達が、騒ぎ立てた事に渋い顔を見せるかもしれないが、構わないではないか。とにかく一太郎の事が、一番でなければならないのだ。

「一太郎ぼっちゃんさえ無事なら、それでいい」

　佐助がそう言うと、珍しくも仁吉が横で、直ぐに頷く。

　二人の考えが揃った、初めての事であった。

4

とんでもない事になった。道を遥か先まで探しても、幼い一太郎の姿は無かったのだ。

仁吉も佐助もまずは呆然(ぼうぜん)とし、それから必死の顔で、日本橋(にほんばし)を渡った先まで三度往復した。その内、追いかけて来た狐達も一緒に探し回ったが、脇(わき)の小路(こうじ)にまで足を伸ばしたのに、一太郎は見つからない。

話は化け狐から、おたえや伊三郎へ伝わり、長崎屋は跡取り息子が行方知れずになったと、大騒ぎをしているらしい。化け狐によると、伊三郎は店を早仕舞いし、奉公人らが総出で一太郎を探しに出たという。しかし妖達が見つけられないのに、人がどうにか出来るとは、仁吉には思えなかった。

仁吉と佐助はもう一度脇道を探したが、しかし一太郎はいない。揃って顔を顰めると、先に口を開いたのは仁吉であった。

「どうにも妙だね。ぼっちゃんを探しにゆくまで、そんなに長くかかった訳じゃない。なのに何でぼっちゃんどころか、しゃぼん売りの姿まで、きれいさっぱり見つからないんだ？」

堀川沿いのこの道は、それなりに人通りがあり、水売りに青物売りに魚売り、色々な振り売りなども歩いていた。この辺りで商っていれば、人目につく筈なのだ。なのに、今日しゃぼん売りに気づいた者は、本当に少なかった。長崎屋の側にいた子供達が何人か、声を聞いてはいたが、姿を見た者はいないのだ。

「何とも怪しい話だ。つまり」

堀川を行く舟を見つつ、仁吉が低い声で言った。

「長崎屋の近くにいたしゃぼん売りは、妖だったのではないか。わざと長崎屋の近くでしゃぼんを飛ばして、ぼっちゃんを誘い出したのかもしれない」

つまり一太郎は、たまたましゃぼん売りの跡を付いていったのではなく、今、剣呑な妖に、捕まえられているのかもしれない。仁吉は真剣な顔で、そう語ったのだ。

ところが。もう一人の兄や佐助は、仁吉の言葉を聞いても、うんとは言わなかった。

「仁吉さん、しゃぼん売りが消えたとなれば、その男が大いに怪しいのは、異論のないところだがね」

ただ、もの売りの姿が見えなくなったからといって、いきなり妖だと思うのは、考えが飛んでいると佐助は考えたらしい。

「このところ長崎屋の近くで、剣呑な噂があると、旦那様から聞いたところじゃないか」

例えば、押し込みの賊がいるという、あの話だ。伊三郎は先程、子が攫われたとも言っていた。

「長崎屋は大店だ。怪しい奴らが、ぼっちゃんを攫うと決め、木戸を見張っていたのかもしれない」

どちらの話もありそうで、仁吉も佐助も引かなかった。自分の考えこそ正しく、相方に付き合っていては、ぼっちゃんの身が危ないと思うからだ。

仁吉は片眉を引き上げ、あっさりと言った。

「ならばここで別れて、それぞれぼっちゃんを探そう。お互い見てくれとは違い、もう子供ではないんだ」

一人で動いても困るまいと仁吉が言うと、佐助も頷く。二人は右と左を向いて、堀川沿いの道を別の方角へと踏み出した。その様子を屋根から小鬼達が見下ろし、堀川の内からは河童らが見つめている。すると。

「きゅい、きゅわっ、きゅべっ」

幾らも進まない内に、近くの長屋の屋根が大きく軋み、鳴家達の甲高い声が聞こえてきたのだ。仁吉が目を向けると、小鬼らが揃って、堀川沿いにある長屋の、路地の奥を指している。

「喧嘩、喧嘩。子供の事で、喧嘩してる」

「子供の事で?」

仁吉が目を見開いた時、まだ側にいた佐助が走り出した。これればかりは放って置けず、仁吉も同じ場所を目ざし、後ろから駆けていった。


「わあっ、危ないっ。得物は山と揃ってるぞ。避けねば危険だっ」

佐助の声に、後ろから来た仁吉が、魂消て目を見張った。ここは江戸の町中で、長屋が建て込んでいる所なのだ。

「こんな所で、合戦か?」

一瞬、訳が分からなかったが、しかし空を飛んできた得物は、見事に避ける。それは何と、下駄であった。

「あれが長屋で使う得物か。馬鹿馬鹿しい代物だが……確かに当たったら痛いな」

それから、もう一方の下駄も避け、路地奥の長屋へ行き着くと、佐助と仁吉は更に魂消た。向かい合う長屋の間を、お盆や笊、湯飲みに手拭いが飛んでいたのだ。

「この、ろくでなしっ。いきなり子供を二人も連れて来て、どうしようっていうのさっ」

「かかぁ、喚くんじゃねえっ。おれの子じゃないと、何度も言ってるだろうが。こりゃ、人助けなんだって……痛てえっ」

大きな声がして、鍋の蓋が路地へ飛んで来る。男は長屋中に響く声で喚いた。

「信じられねえ女だな。子供が困ってたんで、男として助けただけだと言っただろう。おめえ、それでも女か。小さな子は、守ってやるもんだろうが」

「あんた、あんなに身なりのいい子達が一人で……いや二人か、とにかく小さな子供だけで、道に居たっていうの？　勝手に連れてきて、人攫いだって言われちまうよ」

子が攫われて大金を取られたあげく、戻って来ていない店があるという噂であった。長屋住まいでも、大店に出入りする職人達はいる。その面々がそっと、話を伝えているのだ。

「あんた、まさか妙な事に、首を突っ込んでるんじゃなかろうね？」

「ばっ、馬鹿を言うんじゃねえっ。単に気の毒な子を、助けただけだっ」

すると余所から、長屋の差配の家へ、子供らを連れて行けばいいと声がし、笊やお盆が飛ばなくなった。佐助達はそこで長屋へ駆け込むと、急ぎ部屋の内へ目を向ける。

魂消た顔の夫婦に、仁吉が落ち着いた声で語った。

「手前は近くの廻船問屋、長崎屋の奉公人でございます。その、うちのぼっちゃんの姿が見えなくなりまして。迷子になったかと探しております」

「おや、小僧さん。そうだったのかい」

兄弟で遊んでいて、つい家から離れちまったのかと、おかみもほっとした顔を見せてくる。

「兄弟？　ぼっちゃんは一人っ子ですが」

佐助は一寸、眉間に皺を寄せたが、とにかく一太郎の顔を確かめるのが先であった。

しかし長屋の部屋に子供の姿が無いので、首を傾げる。するとおかみは、狭い部屋内にお盆が飛んだので、子供達は他の職人の家へ預かって貰っているといった。

「それ、この長屋の端の家だよ」

指さした先へ二人が飛んで行くと、何故だか男が困った顔で座りこんでおり、そこにも子はいない。佐助達の後ろから、先程の夫婦が現れると、職人は頭を掻いた。

「こりゃ伊助さん、喧嘩は終わったのかい」

そして申し訳ないがと続けてから、子供達が出て行ってしまった事を話し出したのだ。

「あの、何で？」

「それが、さ。あの小っせえ二人、最初は大人しく部屋の隅で、座ってたんだ」

片方は少し熱があるようで、座りこんでいた。それで職人も安心して、急ぎの仕事をこなしていた。ところがしゃぼん売りの、「たまやたまやたまやぁ」という声が聞こえてきた途端、子供二人は落ち着かなくなり、動き回り始めた。

「それで二人に、しゃぼんが好きなのかと声を掛けたんだ。ところがその時、二人はもう居なかった」

驚いて伊助に知らせようかとも思ったが、下駄が路地を飛んでいて、おっかない。迷っている内に、伊助の方から顔を見せてきたという訳だ。

「済まねえ。でも、勝手に出ていっちまったんだよ。大人しい子達だったのに。どうして急に、どこかへ行っちまったんだろう」

「ありゃ」

伊助のおかみも驚いてはいるが、喧嘩の元が消えて、ほっとした様子でもある。ここで佐助は職人に、そのしゃぼん売りは、馴染みの者だったかを問うた。

「いや、知らない声だったな。まあ夏なんだ。しゃぼん売りは沢山歩いてら」

知らない声が聞こえても、職人は気にもしないと言うのだ。どのしゃぼん売りも、たまやたまやというばかり、同じようなものなのだ。

「また、しゃぼん売りか。ぼっちゃんは、そのしゃぼん売りの事が、気になった様子だ」

一太郎はなぜ、しゃぼん売りを気にしていたのかと、佐助が考え込む。すると横から、仁吉が口を開いた。二人いた子供の内、一人は、それは良い身なりをしていた筈だ。

「あと一人は、どんな子でしたか？」

すると、伊助夫婦と職人が顔を見合わせる。答えたのは伊助であった。

「似た年頃で、同じような身なりだったよ。てっきり兄弟かと思ったんだが」

「何と」

今度は仁吉が、厳しい表情で考え込んでしまったので、長屋の大人三人は、戸惑った様子でそれを見ている。佐助達が、いなくなった子供らの事を聞いていると、焼き屋作りで材木の細い長屋を、鳴家達がぎしぎしと軋ませた。

5

その後仁吉と佐助は、もう一度辺りを探し回ったが、一太郎は見つからない。化け狐達がやってきて、一度帰れと言われ長崎屋に戻ると、離れで伊三郎と化け狐らが待っていた。先程長屋にいた鳴家達も、先に駆け戻っていた。

「きゅい、いっちばん。鳴家が一番なの」

小鬼達は、何事にも一番が好きらしく、嬉しげに鳴いている。そのおかげで、一太郎位の子供が二人いたことは既に伝わっており、話が早く進んだ。

「長屋の伊助さんが、長屋にいた片方の子は、うさぎの背守りが縫い取りされた、若葉色の着物を着ていたと言ってました」

仁吉の言葉に、伊三郎が頷く。

「ああ、一太郎だ。無事だったんだね」

しかし、一緒にいたのはどこの子かと、伊三郎は首を傾げた。佐助がそちらの子は、背に福の字の縫い取りがある、薄い瓶覗き(かめのぞ)色の着物を着ていたというと、伊三郎が眉間に皺を寄せた。

「迷子かね。親御さんも心配してるだろう。だが、分かりやすい背守りが付いてるし、意外と早く、家が分かるかもしれないね」

伊三郎は化け狐の一匹に、近くの自身番へ行って、福の字の背守りについて耳にしていないか、聞いて来ておくれと頼む。狐は奉公人に化けると、さっさと出かけ……恐ろしく早く、離れへ戻ってきた。そして驚いた事に、岡っ引きの手下を一人、離れへ連れて来たのだ。

「おやこれは、確か下っ引きの清七さんだったね。今日は何の用かな」

清七はまだ若く、普段は丁寧な物腰なのに、今日は恐ろしく気を立てていた。そして離れの縁側へ寄ると、押さえた声で伊三郎へ問う。

「あの旦那。福の字の背守りを背負った子供を、近くで見かけたと聞きました。本当でしょうか」

「ああ、それがね」

相手が岡っ引きの手下であれば、隠し事をしてもしようがない。伊三郎はまず、孫の一太郎が、行方知れずになっている事を告げた。そして皆で探していたところ、一太郎は、福の字の背守りを背負った子と、共に居るようだと分かったのだ。

「その子が誰なのか、気になってね。それで、自身番へ聞きにいってもらったんだよ」

　清七が目を見開いた。

「こちらのぼっちゃんまで、行方が知れないんですかい？　何てこった」

　途端、仁吉が清七を見つめる。

「清七さん、ぼっちゃんまで、とはどういう事ですか？　他にも行方知れずのお子が、いるって事なんですか？」

　仁吉は長崎屋へ来て直ぐ、近所で剣呑な話が絶えないと、伊三郎から噂話を聞いている。

「大店のお子が攫われたとか、人買いがうろついているとか、噂になってるんですよね？」

　すると、離れの天井がきゅいきゅいと軋み、奉公人に化けた狐達の輪が、清七に迫る。清七が目を足下へ向けたものだから、伊三郎が声を尖らせた。

「清七さん、何があったんだ？　分かっている事があるなら、早く話しておくれ」

　清七は、離れの者達から一斉に見つめられ、いささか逃げ腰になった。だが、何とかちゃんと返事をしてくる。

「長崎屋の旦那、その、福の字の着物を着たお子は、福山屋の正五郎ぼっちゃんじゃないかと、思うんですよ。そういう着物を着ていたって聞いてます」

福山屋は、通町でも名の知れた米問屋であった。同心へも岡っ引き達へも、心遣いを忘れない大店なのだ。そして。

「跡取りの正五郎ぼっちゃんが、十日も前から、いなくなってるんです」

「と、十日も行方知れずなのかい？」

伊三郎が目を見張った。店の皆は、最初は迷子になったのかと思っていたらしい。だが正五郎には、もっと恐い話が絡んでいた。一度、五十両を寄越せという文が、福山屋へ来たのだ。

「拐かしか」

「伊三郎旦那、福山屋じゃ、五十両より子供が大事と、ちゃんと金を渡す気で、旦那さんが出かけたんです」

だが、拐かしを放ってはおけないから、その後を岡っ引きらがつけた。すると。

「相手が現れなかったんですよ」

「…………」

ところが、しくじったと大騒ぎをした後、夜、店の金を確かめてみたら、五十両不足していたというのだ。おまけに金が消えても、正五郎は帰って来なかった。

岡っ引きが、馬鹿をしたせいだと言われたらしい。今後、正五郎の件へ口を出すな、要らぬ事もするなと、清七達は今、福山屋から釘を刺されているのだという。

「福山屋は上のぼっちゃん二人を、麻疹で亡くしてます。残った正五郎ぼっちゃんを、岡っ引きの間抜けのせいで失ったりしたら、おれたちはただじゃ済まないんで」

八丁堀の者達は今、次の手をどう打ったものか、考え込んでいる所だという。ここで伊三郎が、顔を顰めた。

「拐かしの話、何で近所へ伝えなかったんだい。せめて子供がいる店には、教えても良かっただろうに」

聞いていたら長崎屋ももっと、用心していたのだ。

「堪忍してくだせえ。でも……まだ正五郎ぼっちゃんが、店に戻ってません。うっかりした事は、言えなかったんです」

結果、二つ目の大店を巻き込んでしまった。伊三郎が、恐い顔で立ち上がる。

「同心の旦那と、直ぐに話をしなくては。うちにも、金を寄越せと文が来るかもしれない」

いやその前に、おたえや藤兵衛にも知らせねばと、伊三郎は清七を連れ、急ぎ母屋へ向かった。

残ったのは仁吉や佐助、化け狐達など妖らだ。皆は離れで一太郎の寝間に集まると、そっと障子戸を締め話し合いを始めた。屛風のぞきは腕を組み、しきりと考え込んでいる。

真っ先に口を開いたのは、佐助であった。

「やはりぼっちゃんに手を出したのは、人だったな。ならば我ら妖が、目に物見せてくれようさ」

だが、しかし。次に口を開いた仁吉は、首を横に振った。仁吉は、事に妖が関わっているとの考えを、変えていなかったのだ。

「うちのぼっちゃんは、正五郎ぼっちゃんと一緒にいるようだ。つまり正五郎ぼっちゃんを攫った輩は、お子をもう十日も、店へ帰していない」

けれど拐かした者は、福山屋からは既に五十両を奪っているのだ。

「なのにどうして子供を、帰す事も殺す事もせずにいたんだろう。そんな不思議な事をするのは、奴らがやはり、妖だからではないか？」

しかし仁吉の言葉を聞いた佐助は、あっさり首を横に振った。

「いいや、見当違いだ。人攫いは〝人〟だよ」

「違う、人攫いは〝妖〟だろう」

「仁吉さん、妖が何で十日も、幼子の面倒をみなけりゃいけないんだ？」

「ただの人なら、金を奪った後も、子守をするっていうのかい？　佐助さん、子を攫った奴だぞ。冗談だろう」

見てくれは二人足しても二十だが、中身は合わせて二千年分だ。だから、その二人が睨み合うと、恐い。離れの寝間の中は直ぐ、息を吸うのも苦しいような、とんでもない感じに満ちた。鳴家など、小声で鳴きつつ、隅で固まってしまった。二人は今にも、殴り合いを始めそうになったのだ。

「きゅんいぃ」

「きゅ、きゅいい……」

その時。

不意に離れの障子戸が、表から開けられたのだ。途端、部屋に居た皆が、廊下に向け、さっと頭を下げた。

「お、おたえ様」

「おとっつぁんから聞いたわ。一太郎は迷子になったんじゃない。福山屋さんの正五郎ちゃんと一緒に、拐かされたようだって」

おたえの目に涙が浮かび、声が震えている。

「あの子を、助けて」

するると、ここで立ち上がったのは、化け狐達であった。一太郎に、兄や二人が付けられたように、おたえを守るのは、化け狐と決まっているのだ。

「おたえ様、我ら狐達が、いつもおたえ様と共におります。泣かないで下さいまし。ぼっちゃんは必ず直ぐに、化け狐が取り返します」

その言葉を聞き、仁吉が今度は、化け狐へ厳しい顔を向ける。そして一太郎を救うのは、当然自分達だと口にした。

すると。おたえに泣かれた化け狐は、もう遠慮などせず、仁吉と佐助を見下ろし言ってきた。

「二人は、どうやってぼっちゃんを取り返すのか、未だ、何の考えも浮かんでおらぬだろう？　おまけに今日、長崎屋へ来たばかり。この辺りの土地にも、詳しくはない筈だ」

二人とも十程の子供姿だし、先に立って調べ事をして貰う訳にはいかない。いや、それだけではなく。

「はっきり言うぞ。誰がぼっちゃんを救うのか、そこを気にする輩なぞ、邪魔だ」

「はぁ？」

佐助も横で、黒目を針のように細くして狐を睨んだが、それで恐れ入るような化け狐達ではなかった。おまけに狐達は、おたえを泣かせてしまっていた。よって今回は何としても引かず、狐達は、とんでもない事をしたのだ。

何と、数の力を頼りに仁吉と佐助を取り囲むと、遠慮無く胸ぐらを摑んできた。そして驚く二人を、長崎屋から遥か遠くへと、遠慮無く放り投げたのだ。

「きゃあっ」

体が塀を越え、長崎屋が遠ざかる。驚いたおたえの声が、随分離れた所から聞こえるように、仁吉には思えた。

6

どぶんっという大きな音と共に、佐助は堀川へ落ち、水を跳ね上げた。横で水音がして、もう一人落ちたと分かったから、仁吉だろう。直ぐに身が沈み、総身が重くなった。

(畜生っ)

とんでもない事をしてくれたと、化け狐達への悪態が頭に浮かぶ。佐助はぼっちゃんを救いに行かねばならないのに、こんな事をするとは、新参者への嫌がらせだろうか。とにかく必死に手足を動かし、まず水面へ顔を出した。息が出来ると、ほっとする。

（でも着物が水を吸っちまって、身が重い。こりゃ岸に戻るのが、大変だぞ）

しかし堀川から上がった後、裸で歩く訳にもいかないから、佐助は着物を脱ぎ、水の内へ捨てる気にはなれなかった。岸近くにある杭を見つけると、何とか泳いで行って摑み、それを頼りにもう一度、顔を水から出す。

次に、杭を登ろうと腕に力を込めたが、佐助が子供の姿をしている為か、それしきの事が、酷く大変だった。

すると。ここで佐助の尻を、突然誰かが押し上げてくれたのだ。

（？　まさか仁吉じゃないよな？）

戸惑ったものの、ありがたかった。佐助は力を借りて杭の上へ立つと、そのまま一気に岸へ飛び移った。水音がしたので堀川の方を向くと、仁吉も水から、杭へ上がっている所であった。

その尻を、水の内から突き出た水かきの付いた手が、しっかり支えている。

「何と、あの手！　河童か」

佐助が目を丸くしている間に、仁吉も岸へとやってくる。相棒は着物を絞りつつ、化け狐への悪態を三つ並べたが、直ぐに堀川へ目を向け、河童達へ礼を言った。佐助も慌てて、助かったと頭を下げる。

すると、河童達は杭の陰に隠れつつ岸の側へ来て、二人へ話し掛けてきた。今、大いに感謝されるような事をしたのには、訳があると言うのだ。

「なあ、あんた達。さっき堀川脇の道を、行ったり来たりしてたよな。ぼっちゃんとやらを探してたよな？」

そのぼっちゃんというのは、うさぎの背守りが付いた若葉色の着物の子かと、赤黒い河童が問う。それとも、背に福の字の縫い取りがある方かと、蒼い色の河童が尋ねた。

「うさぎの背守りの方だ」

すると河童達は頷き、魂消るような事を言ったのだ。

「ああ、じゃあ福の字の子を、助けに来た子の方だな。あの子は、ぼっちゃんという名なのか」

「は？　助けた？　うちのぼっちゃんが、福山屋の正五郎ぼっちゃんを助けたんですか？」

一太郎とて、まだ五つなのだ。なのに、突然幼い子を守る側に、立ったというのだろうか。佐助が、一太郎の話を聞かせてくれと言うと、河童は深く頷き、では互いに助け合おうと言い出した。河童らはその為に、今、二人を助けたというのだ。

「分かった、礼をすればいいのかな。だから、早く話をしてくれ」

佐助がせっつくと、赤黒い河童が、何故だか自慢げに話を始めた。

「我ら河童は頼まれて、正五郎という子を預かっていたのだ。知り人に見つかると、子が危ういというのでな。しゃぼん売りに化けて稼ぎつつ、町中を連れ回し、子供の守をしていた訳だ」

「やっぱり妖が、人攫いに絡んでいたか。しかし子が危ういとは、どういう事だ？」

仁吉が問うと、河童はとんでもない事を語り出した。

「何でも、正五郎という子の両親は、悪霊に取り憑かれたんだそうだ。八尺を越える大化け物になっちまって、我が子を喰いかねないとか」

その上、兄弟が唐土の流行病に罹り、病がうつりそうだし、百五十歳になる継母が、正五郎を虐めているという。夜は猫ほどもある鼠に囓られ、危ういらしい。

「だから家から引き離して、暫く帰さないでくれと言われた」

「……正五郎ぼっちゃんは、一人っ子の筈だし、継母もいないが。誰がそんな事を言ったのかな」

　すると赤黒い河童は、佐助へ胸を張って答えた。

「確かな話なのだぞ。雨の夜、物乞い(ものご)に歩く妖(こ)小雨坊(さめぼう)が、握り飯をくれたある男に、頼まれたのだ」

　男は己の事を、正五郎の親の、知人だと言った。

「そういえば、その男の名を聞いておらんな」

　男は、己は律儀者(りちぎもの)故(ゆえ)、子供の事を、それは心配していると言っていた。よって小雨坊は、知り合いの野寺坊(のでらぼう)に相談をし、野寺坊は獺(かわうそ)に話し、そこから河童へ話が伝わった。

「河童は立派だからな。人助けだと思い、子を預かる事にしたのだ」

　悪霊が関わっているのに、きゅうり五本と西瓜(すいか)一つで、世話を引き受けたのだと言う。

「誰かが、きゅうり五本をくれると言ったんだな。やはり、人が悪事に関わっていたのか」

　佐助は頷いたが、どう考えても十日の間、子供に食べさせた飯代の方が、余程多そうであった。すると河童はまた胸を張り、幼い子は腹一杯食うべきだから、せっせと食わせていると言ったのだ。関八州に聞こえる河童の大親分が、子は大事にしろと言っているらしい。

「偉い親分さんだな」

佐助が頷き、いつかお目にかかりたいものだと言うと、河童達は嬉しげに、立派で恐い親分なのだと言う。仁吉がここで辺りを見回し、それで子供達はどこにいるのかと、河童へ問うた。

すると。

「それがな、ここにはいないのだ」

河童によると、幼い子を預かった河童達は、世話をするのに都合が良いからと、親分に頼んで人の姿を取ったのだという。しゃぼん売りとなって、小銭を稼ぎそれでお八つなどを買いつつ、子を連れ歩いていたのだ。

「子供を隠そうと思ったら、どこかの家に籠もるより、ちょいと離れた町で動き廻っていた方が見つかりにくいのだ」

河童は得意げに口にした。決まった家で暮らすと、あの家には見かけない幼子がいる。どこの誰なのかと、噂になるからという。

だが幼子の世話は、結構大変であった。何より正五郎が、悪霊と化した母親を恋しがって泣いてしまう。

しかも河童に正五郎を預けた輩は、悪霊がどうなったのか、知らせてこなかった。その上きゅうりなど、約束の品もまだくれぬという。

「それでな、何か障りでもあったのかと、我らは確かめる事にした。小っちゃな正五郎を連れて、しゃぼんを売りつつ、正五郎の家がある通町へ戻ってみたのだ」

河童は律儀だから、小雨坊へ、子を預けた男と話がしたいと、ちゃんと伝えたという。すると、とんでもない事が起きた。河童達と正五郎は堀川沿いの道で、笠を被り長どすを持った者に、突然襲われたのだ。

「襲われた？　人にか？」

赤黒と蒼の顔が頷く。その上男は、とても妙な事を言っていた。

「怪しげな者へわざわざ預けたのに、子供はまだ生きていたのか。その笠男、そんな事を口走っておった」

途端、佐助の頭に、今回の件の筋書きが思い浮かんだ。仁吉へ目を向けると、佐助は河童そっちのけで、その思いつきを語る。

「襲ってきた男だが、そ奴こそ、妖へ正五郎ぼっちゃんを、押っつけた奴かもしれんな」

その男は、食うにも困っているものもらいが、突然幼子を預けられたら、その内持て余すだろうと、考えたのではないか。

「そうなったら子を、捨てるか、殺すだろうと思っていたのかもしれない」

なのに正五郎が生きていたので、自分がどすを持って、始末しにきた訳だ。すると河童達は、それでは、子が哀れではないかと言い怒っている。仁吉は頷いたが、直ぐに顔を顰めた。

「何で、そんな事をしたのかな」

「そりゃあ福山屋から、五十両盗る為だろう」

「しかし佐助さん、主が正五郎ぼっちゃんの為に金を持って行っても、誰も現れなかったんだよな」

「だが調べたら、福山屋から五十両の金が消えていた。仁吉さん、人攫いは、ちゃんと金を奪ったんだ」

「どうやったんだろう。そして金を手に入れたのに、なぜぼっちゃんを店へ帰さなかったんだろうか」

二人が顔を見合わせる。それは大いに奇妙な事であった。

「怪しげな者へ、子供を預けたと言ってたんだ、長どすを持った男が、人攫いだな。

しかしそいつは誰なんだろうか？」

　考え込む二人を前にして、水の内で河童は、襲われて恐かったと、また話を続けた。

斬られそうになり、河童達は危うかったのだ。

「だが正しい河童に、神は味方を寄越して下されたのだ。大きな声を上げて、男の目を逸らしてくれた者がいてな。しゃぼんを買いに来た、小さな客だ」

長どすを持った男が、その子へ目を向けた間に、河童は正五郎を抱え、堀へ飛び込み逃げたという。河童は泳ぎが達者だから、川の内で、人に追いつかれなどしない。

「だが拙い事に、今度は声を上げたその子供が、岸で、恐ろしい奴に狙われてしまった。あの男、誰かを殺したかったに違いない」

　それで立派な河童は、急ぎもう一人の子を水へ落とし、こちらも連れて逃げたのだ。斬りかかってきた男が恐かったから、もう通町には戻れなかった。おまけに水に落ちた人の子は、あっという間に熱を出してしまった。

「可哀想に、今、寝こんで咳をしておる」

　だからここにはいないと、赤黒い河童が言うと、蒼い顔も頷く。

「だが、我らの薬はきついでな。人の子に飲ませてよいものか、分からんのだ」

「一服飲ませて、死んだら哀れであろう？」

「な、何を飲ませる気なんだっ」

慌てる佐助へ、だからと河童は言った。

「今、助けてやった礼に、人の薬をくれないか。子供が熱を出したままでは、哀れなのでな」

何とそれが、河童が求めた礼だったのだ。仁吉は懐から丸薬を取り出し、これが熱に効くと言って、河童に見せる。

「だけど、勝手に全部飲ませちゃ駄目だ。その子の所へ連れて行ってくれ。どれだけ飲ませたら良いのか、我らなら分かるから」

そうすれば、やっと一太郎ぼっちゃんを、見つけられるかもしれない。仁吉と佐助が期待を込め見つめると、河童は頷いた。

「確かにそうだな。頭がいいぞ。では、付いてきてくれ」

納得した途端、河童がさっさと堀川を泳ぎ始めたので、佐助と仁吉は、慌てて岸を走り出した。

「それで二人のぼっちゃんは、どこにいるのだ？」

河童が佐助達を案内したのは、京橋よりも海に近い、堀川沿いの倉であった。河童達は大胆にも倉の鍵を壊し、中へ好きに出入りしていたのだ。中には小さな木箱が山と置かれてたが、何故だか人の姿はなかった。

「あの……ぼっちゃんはそこの木箱の上へ、倉にあった風呂敷を広げて、横になってた筈なんだが」

横に正五郎がいて、河童が絞ってきた手拭いを、ぼっちゃんの額に載せていた筈なのだ。だから河童達は二人を倉へ残し、堀川へ様子を見に行っていたという。

佐助の目が、針のように細くなった。

「幼い子を二人きりで、ここへ残していったのか。恐い男に、命を狙われた後なのに？」

「だ、だって。人の子は、河童のようには泳げぬのだ。熱があるのに、水の中を連れ歩く訳には、いかぬではないか」

河童二匹には、大事な用があったのだ。何しろ、子供の事を頼んできた者は、河童へきゅうりも西瓜も、渡していない。その件を片付ける為、河童達はどうしても出かけねばならなかったのだ。

「うーむ、これでは礼の品として、薬を受け取っても無駄だな。そうだ、代わりにお主ら、我らのきゅうりがどうなったか、調べてくれぬだろうか」

「きゅうりの為に、動けって？　居なくなったぼっちゃんを助けるより、きゅうりが大事だって言うのか？」

思わず拳固(げんこ)を握ったが、河童達には堀川で助けて貰った恩がある。それで一瞬ためらったら、その間に仁吉が赤黒と蒼の河童へ、思い切り拳(こぶし)を振り下ろしていた。

7

仁吉と佐助は、急ぎ一太郎を探し出すべく、とにかく動いた。長どすを持った剣呑(けんのん)な男がいたとは、考えの外であった。

「正五郎ぼっちゃんは、母御を恋しがっていたとか。ならば二人は、福山屋へ戻ろうとするかもしれないね」

しかし福山屋の近くには、長どすを持った男がいるかもしれない。

「我らが店の周りを見張って、二人を守ろう」

一太郎が行方知れずになった件は、拐かし騒ぎに化け、更に刃物を持った剣呑な男へ行き着いてしまった。なぜそんな悪人まで出て来たのか、二人は一太郎を探しつつ、堀川沿いで考え込む。一旦は拳固を恐れ堀川へ消えた河童達も、子らが気になるのか川の内を付いてきていた。

佐助は口をへの字にした。今回の騒ぎには、人と妖、双方が関わっていたようであった。

「どこかの男が妖をいいように使い、大店の子を攫った。金を得る為だな」

嫌な事だが、よくある話でもあった。

「だけど、その先が分からん」

攫った男は何故後になって、正五郎を殺そうとしたのか。五十両はとっくに手に入れている。正五郎が生きて店に帰っても、構わないではないか。

すると仁吉が、金を盗った男は、そうは思わなかったのかもと言い出した。

「正五郎ぼっちゃんが戻ると、岡っ引きは話を聞いて、一緒にいたしゃぼん売りを探す。河童のしゃぼん売りは、奇妙な悪霊の話をするだろう。小雨坊の事も言うだろう」

そして小雨坊は、本物の人攫いと会っているのだ。顔を見られている。

「それが嫌だったのかもな」

納得したと言ってから、佐助は眉間に皺を寄せた。そして、妖達に、小雨坊を探すよう、急ぎ頼む。

「福山屋を苦しめている男へ、河童が、力を貸してしまったな」

妖には悪意が無いだけに、人からこんな使われ方をした事に、佐助は腹が立つのだ。堀川へ目を向け声を尖らせると、河童達が水の内へ潜って消えた。

「ぼっちゃんを取り戻した後、我らはこの辺りの妖らと、一度話した方がいいやもしれん」

このままだと妖は、人のいいように使われたあげく、悪事を押っつけられ殺されてしまうかもしれない。仁吉も頷いたが、とにかく全(すべ)ては、一太郎が戻ってからの話であった。

すると二人が一太郎達を探していた時、その答えの一端が、突然歩いてやってきたのだ。河童が水の内から道を指さしたので、そちらへ目を向け驚いた。河童が己を探していると聞き、とりあえず長崎屋へ行こうと、通町へ来た所らしい。

「仁吉さん、佐助さん、お久しぶりです」

「小雨坊！　お前さんを探してたんだ！」

仁吉は急ぎ尋ねたが、小雨坊は首を横に振った。正五郎の哀れな身の上を話した、知人だという男は、名のらなかったというのだ。

んですが」

「こざっぱりとした身なりだったし、握り飯もくれました。だから、信用しちまった

ここで仁吉と佐助は、顔を見合わせる。

「こざっぱりって……どんな見かけだったんだ？」

侍なら町人とは格好が違う。職人と医者と振り売りも違う。すると小雨坊は一つ首を傾げた後、真っ直ぐに二人を指さしてきたのだ。

「お二人みたいな格好でした。藍染めの着物です。羽織？　いえ、着てはいませんでした」

子供ではなかったが、結構若かったという。仁吉と佐助は、同時に言った。

「もしかして、奉公人か」

ならば、正五郎を店へ帰さなかった訳を、もう一つ思いつくと、佐助が言った。

「騒ぎも起こさず店から連れだし、小雨坊に正五郎ぼっちゃんを引き渡したんだ」

つまり、そいつは。

「福山屋の奉公人に違いない！」

だから正五郎が店に帰っては、拙いのだ。なるほどと言って、頷いた仁吉が言葉を継ぐ。

「そう考えると、今回、福山屋から金を奪った悪人が、主から金を受け取れなかった事情も分かるな。悪人は福山屋の主が良く知る男、つまり奉公人だったからだ」

ここで仁吉が、口の片端を引き上げる。

「ひょっとしたら無くなった五十両は、元々店から消えていたのかもしれないぞ。その奉公人が、とっくに使っちまっていたのさ」

それが露見しそうになって、使い込みをした奉公人は、今回の拐かしを考えた。跡取り息子の正五郎と引き替えなら、五十両という金が動いても不思議ではない。

「一旦、金の引き渡しが駄目になった後、店を調べて金が無くなっていたら、拐かしをした男がどうにかして盗んだと、店の者達は思うだろう」

そうやって事が落ち着けば、男の使い込みは知れずに済む訳だ。だが、一つ問題が残った。

「正五郎ぼっちゃんの事だな」

正五郎は、誰に店から連れ出されたか知っている。

そして正五郎は、ずっとしゃぼん売りと一緒にいた。だからしゃぼん売りが、五十両など手に入れていない事を、知っている。

「そんな事を、八丁堀へ話されちゃ拙い。正五郎ぼっちゃんに店へ帰られては、身の破滅なんだ」

だから人攫いは十日も後になって、しゃぼん売りと一緒に正五郎を殺そうとしたに違いない。だがその場を、長崎屋から出て来た一太郎が見てしまった。その時、正五郎と一太郎は河童が助けた。悪辣な奉公人の前から、全員逃げてしまったのだ。

仁吉と佐助はここで、側を流れる堀川へ目を向けた。

「話が通った。この筋書きで合っている筈だ。つまり河童達は子供を殺そうっていう男に、利用されたんだよ」

きゅうりも西瓜も、男は最初から、渡す気など無かったに違いない。佐助がそう言うと、河童が二匹水から浮かび上がり、口を尖らせている。ここで佐助は、通りの向こうへ目を向けた。

「さて事の次第は察した。残る問題は、ぼっちゃんを取り戻すこと。そして男の名を摑み、やった馬鹿の分、後悔させてやる事だな」

一太郎は正五郎と長く一緒にいたから、話を色々聞いている筈であった。つまり今回悪事を成した者にとって、既に一太郎も、生かしておいては困る者なのだ。

「ぼっちゃんを守らねば」

だが福山屋は大店で、奉公人は多そうだ。仁吉も佐助も、長崎屋へ来たばかり。福山屋の誰が五十両を使い込んだ悪者なのか、調べるのが大変に違いない。二人は十程の子供の姿だから、尚更であった。

「早く、ぼっちゃん達を探さなくては。いっそ福山屋奥の木戸前で、待つのがいいかもしれない」

正五郎は、家に戻りたいに違いないのだ。仁吉と佐助は駆けだした。

だが仁吉と佐助は福山屋へは行かず、途中、道を逸れた。付いてきた河童達が川内から、盛んに別の方角を示してきたからだ。

二人がそれを信じて向かってみると、共に一太郎を探している妖、化け狐達の名を思い出す事になった。堀川沿いの道を人に化けた狐達が、何匹も走っていたのだ。

その前を、奉公人らしき姿の男が駆けている。そして男は二人の幼い子を、追っているように見えた。

「あれは、一太郎ぼっちゃんじゃないか！」

何でこんな所にと言いかけ、佐助はこの場所が、福山屋の裏手に近いと知った。やはり正五郎は、家へ帰ろうとしていたのだ。

横の堀川で水音がして目を向けると、赤黒い河童が小雨坊と連れだっていて、盛んに走る男へ、「きゅうり」と言っている。

「なる程、あいつが、きゅうりを河童へ払わなかった悪人か。ぼっちゃんが福山屋へ戻って来たんで、慌てて始末しようと、追っているんだろう」

そして同じく化け狐達も、佐助達を水へ放り投げた後、福山屋を見張っていたに違いない。だが剣呑な男は、化け狐よりも一歩先に一太郎達を見つけたのだ。

「このまま走ったら、一太郎ぼっちゃんの熱が上がる。何としても、直ぐにあの男を止めるぞ」

佐助が言うと、仁吉が側から離れ、二人は人では出来ない速さで男に追いつく。そしてあうんの呼吸で、子供達と怪しい男の間へ、正面と右から割って入った。

後ろからは狐達が来ているから、男は元来た道へ戻る事は出来ない。左側には堀川がある。佐助達は、男を止める事が出来た。

「何だ、この餓鬼達は。邪魔だ、退(ど)けっ」

立ち止まった男が怒鳴った時、いい加減草臥(くたび)れていたのか、すぐ先で一太郎達二人が足を止めてしまった。男が嫌な笑い方をし、佐助達を蹴散(けち)らし、一太郎や正五郎を捕まえようとする。

だが。見てくれは小さくとも、仁吉も佐助も、千年以上の時を生きてきた者達であった。ちょいと相手の姿が大きいからといって、人を怖がったりはしない。

(そんな事をしたら、おぎん様に顔向け出来ないではないか)

しかし妖の事情など知らない男は、臆しもせずに二人へ突っ込んできた。

途端、まずは佐助が男の足を引っかけ、軽々と宙へ放り上げる。そして魂消た顔の男が落ちてきた所で、仁吉がその腹へ強烈な拳固を一発喰らわせ、男を堀川へと放り込んだ。

すると。

堀川にはいつの間にか、河童達が大勢集まっていたのだ。そして河童を謀り、きゅうりと西瓜を渡さなかった極悪な男を、寄ってたかって責め始めた。水の内で、人が河童に敵うはずもないのだ。

佐助達の所へ、化け狐達が追いついてくる。一太郎は道の先で、堀川の様子を見て首を傾げた後、馴染みの妖達へ可愛らしく手を振った。

8

　福山屋の拐かしは、仁吉と佐助が考えついた通り、捕まった奉公人の仕業と分かった。

　店の手代で、何と正五郎の兄やをしていた男が、やっていたのだ。守り役だったので、男は正五郎の用を口実に時を作り、外で遊んでいたらしい。

「一人で豪快に、金を使い込んでいたんですよ」

　そこの事情を、今日も離れの寝間で臥せっている一太郎へ、兄や達が説明していく。一件については同心と岡っ引きらが調べ、福山屋と長崎屋は、きちんと子細を聞いていた。しかし、一太郎は五つだから、大人達が、詳しい事情を教えてくる筈もない。分からない話とてあるだろうが、主に報告をするのは、仕えている者の務めであった。

「旦那様が福山屋さんへ、帳面を確かめるよう、伝えたようです」

　五十両、金を誤魔化した箇所が見つかった。無事であった正五郎からも話が聞けたので、賊などおらず、誰も金など奪わなかったことが、分かってしまった。

　守り役は、河童らに散々責められた後だったからか、文句を言う力もなく岡っ引きに白状し、引っ立てられていった。妖を謀った者は、ただでは済まないのだ。

「これで、今回の一件は終わりです。ぼっちゃんがご無事で、良かった」

長崎屋の皆は今、心底ほっとしているのだ。しかし水に落ちていた一太郎は、大熱を出しているからか、赤い顔で横になって寝ている。一応、一太郎にも話を聞いた所、まだ幼い子は、事情をどう思っているのか、あっさり言ったのだ。

「われ、良い子だったの」

仁吉と佐助は一太郎に付き添い、額に載せた手拭いを替えていた。

そして仁吉はじきに佐助へ、小声で話し出した。

「なあ、佐助。一太郎ぼっちゃんは思っていた通り、おぎん様に似ておいでだった。ああ、周りの皆が、言ってた通りだった」

だが一つ、思っていたのとは違った事もあったと言い、仁吉は相棒の目を見た。

「ぼっちゃんは、おぎん様に中身も大層、似ておいでだったんだ。つまり、だ」

千年の前から、おぎんは少々……かなり無鉄砲であった。つまり一太郎は、そういう所まで、祖母とそっくりだったのだ。

「まだ五つなのに、似た歳のお子を、助けに動くとは。まいった」

長崎屋には、一太郎がしゃぼんを買いに出て、たまたま剣呑な場に行き合わせてしまったと、思っている者もいる。だが仁吉には、いつも具合の悪い一太郎が、今日に限って表へ出たのは、偶然とは思えなかった。だからそこが、ずっと引っかかっていたのだ。

「表から、怯(おび)えた正五郎ぼっちゃんの声がしたので、助けに出た。そういう話ならば、納得出来る」

そして、ひ弱な一太郎がそんな性分ならば、見守る役割は、それは大変だろう。仁吉は先々を、見通すかのように言った。

「おぎん様と共にいると、よく心配事が降ってきたもんだ。ああ、似てる」

すると、佐助も頷いたのだ。

「おぎん様は、五百年前に出会った私を、この江戸へ呼んだ」

佐助にとってその事は、本心ありがたい話であった。一太郎をこの先、命がけで守ろうと、心に決めるほどの出来事だったのだ。

「……そうなのか」

仁吉が佐助を見つめる。

「そして一太郎ぼっちゃんが、仁吉さんの言う通りな性分だとすると」

立派ではある。しかし正五郎は遊び相手ですらなく、その上一太郎はまだ五つだ。

「つまり……後先考えない所もあるというか。我らが必死にお助けしないと、あっさり百回くらい、亡くなりそうだというか」

「ああ、佐助もそう思うんだね」

　これからも長崎屋の妖は総動員で、一太郎を守らねばならないだろう。そうしなければ、目の前のおぎんに似た子は、生きていけないに違いなかった。

「やっと分かった。何でおぎん様が、この佐助をわざわざ江戸へ……一太郎ぼっちゃんの側へ寄越されたのか」

「同感だ」

　仁吉と佐助が顔を見合わせ、揃って苦笑を浮かべる。そして、これからよろしくと言い、初めて互いの肩を抱いたのだ。

　するとその時。後ろの屏風から屏風のぞきが顔を出し、障子戸の影を指さす。兄や二人が頷き戸をさっと開けると、何と、赤黒と蒼の河童が来ていた。そして水かきの付いた手で、小さな玉を差し出してきたのだ。

「あの……うちの大親分に、今日の騒ぎの事を話したら、叱られちまいまして」

　何より、小さな子供を巻き込んだ事を、怒られたのだと河童は言った。

「で、親分が、河童の薬を届けろって言ったんです。皮衣様がせっかく丸薬を届けられたのに、また熱が出ちまったと聞いたんで」

子の為のものだから、並の河童薬より柔らかめに作ってあると、赤黒い河童は言う。仁吉達は大いに喜んでそれを貰い、急ぎ一太郎に飲ませると、大層効いたようで、赤い顔が収まって行く。仁吉はお礼にきゅうりを、河童へ持たせようと言った。

「旦那様から、金子を頂いているんだ。沢山買おう。青物の振り売りがいたら、呼び止めておくれ」

「あ、嬉しいや。行ってきます」

河童達が人に化けないまま、道へ飛び出そうになったので、離れにいる屛風のぞきが慌てて止めている。仁吉と佐助は頷き合い、やはり先々、この離れへ妖達を集め、色々伝えなければならないだろうと言った。

すると。二人へ目を移した屛風のぞきが、いつの間に仲良しになったのかと首を傾げている。佐助はにやりと笑った。

「なぁに、元々仲が良かっただけさ。別に仁吉さんと、喧嘩などしてはいないからね。そうだろう？」

仁吉も頷く。

「我らはこれから共に、一太郎ぼっちゃんの兄やとして、やっていくんだ。そう、仲はいいのさ」

「……へえ。知らなかった」

屏風のぞきが目を見開いた時、そこへ河童達が青物売りを連れてきたので、きゅうりを沢山買った。ついでに瓜(うり)や西瓜も好きに選ばせると、何故だか別の河童たちまで現れる。

すると声が聞こえたのか、一太郎が縁側へ出て、きゅうりを囓(かじ)る河童の姿を楽しそうに見始めた。そこへ化け狐や小鬼も来て、西瓜を一緒に囓り、離れは賑(にぎ)やかになっていく。

一太郎が、とても嬉しげに笑った。

暁を覚えず

1

ある朝の事。

廻船問屋兼薬種問屋、長崎屋の離れで、妖達が輪になって、若だんなを取り囲んでいた。いよいよ、決意の時が来たのだ。

寝間には布団を延べてあり、若だんなはその上にいる。そして、猫又の薄墨が持ってきた、〃暁散〃という妙薬を見つめていた。

「〃暁散〃は飲むと、丸一日寝る事になるんだね。でも起きたら、次の一日は元気に過ごせるって薬なんだ」

若だんなは近所でも名の知れた病弱で、跡取りとは名ばかり、最近も寝てばかりであった。しかしこの薬を上手く使えば、元気に表へ出られる日を、一日作れそうなのだ。

「凄い！　本当にありがたい薬だ」

若だんなは目を煌めかせ、散薬を見ていた。しかしここで妖の屛風のぞきが、もう一度だけ話しておくと、その朝も渋い顔で若だんなを見てきた。そして、東海道にその名の聞こえる大猫又、虎殿よりの品だという〝暁散〟は、どうも胡散臭いとくり返したのだ。

「若だんなは確か以前に河童から、薬を貰った事があったよな」

河童の丸薬は、妖達の間で名の知られた、貴重な品であった。

「確かあの丸薬の一つに、飲めば三日寝こむが、その後、三日起きていられるという、立派なものがあった」

今回、猫又が持って来た〝暁散〟は、その丸薬と、薬効が酷く似ている。屛風のぞきはその事が、納得出来ないらしい。

「その猫又の薬だが、河童の薬を真似した、偽薬じゃないのか？」

しかし若だんなは、とても薬を飲みたかったので、付喪神へ言い返してみた。確かに似ているが、そっくりではない点があって、そこが大層ありがたいのだ。

「だって河童の秘薬は、立派過ぎて強過ぎて、私には飲めなかったんだもの」

若だんなはこの夏、働きたくて、河童の丸薬を飲みたいと願ったのだ。しかし兄や達に、駄目だと止められた。ひ弱な若だんなが三日も起きていたら、薬効が切れた後どうなるか分からない。二人はそう言って、薬を隠してしまったのだ。

「その点、猫又の薬〝暁散〟は、一日で薬効が切れるみたいだから」

それならば大丈夫、弱めの薬だから、飲める。〝暁散〟は、まるで注文して作ったかのように、若だんなに都合の良い薬なのだ。

屛風のぞきは、顔を近づけてきた。

「だからそこが、妙だって言ってるんじゃねえか！」

すると猫又の薄墨は、二本ある尻尾をくねらせ、納得しない顔の屛風のぞきと向き合った。

「屛風殿、河童の薬が立派だというなら、猫又の薬も、信用して欲しいもんですな」

しかし若だんなが、飲むのが恐いというなら、致し方ない。持ち帰ると薄墨が言い出したものだから、若だんなは慌てて止めた。

「もう決めたんだ。私はその薬、飲むよ」

「若だんな、今日は随分短気だな」

「だって屛風のぞき、私はこの夏二回、おとっつぁんから、店同士の付き合いに誘われたんだ。でも病になって、どっちへも出かけられなかった」

若だんなが酷くがっかりすると、甘い甘い父の藤兵衛は、三回目の機会、父親と一緒に、客人をもてなす仕事を持ちかけてくれた。その日が迫っているのだが、しかし若だんなは、今日も臥せっているのだ。表へ行きたければ、若だんなは凄く元気な姿を、藤兵衛へ見せなくてはならない。

「私は、そろそろ跡取りとしての仕事を、始めたいんだ」

〝暁散〟はそんな若だんなが今唯一頼れる薬であった。

「今回も急に寝こんじまいそうで、恐いんだ。その恐さを封じる為にも、この薬飲むよ」

若だんなの必死の言葉を聞き、薄墨は重々しく頷いた。そして猫の柔らかい両手で、剣呑な匂いのする湯飲みを持つと、若だんなへ見せてくる。

だが猫又はここで、ちょいと明後日の方を見ると、急に、にゃほにゃほと咳き込んだ。それから薬を脇に置き、〝暁散〟を作った虎からの言葉を、伝えると言ってきたのだ。

「この〝暁散〟を飲む時は、守らねばならない約束事があるんですよ」

「約束事？」

「〝暁散〟を飲んで寝たら、自分から起きるまで、まる一日起こさないこと。虎さんは、絶対守ってくれと言ってました」

うっかりそんな事をすると……ここで薄墨は、首を傾げた。

「はて、何が起きるんだっけ？」

今まで厳しい顔つきで話していたのに、猫又が間抜けな事を言ったものだから、部屋内の妖達がざわめく。

「おやま、猫又の薬には妙な所があるんだな。それ本当に、飲んでも大丈夫なのか？」

屏風のぞきが腕組みをすると、小鬼達も一斉に鳴き始める。

「ぎゅい」「きゅわ」「不味いの？」

猫又は、大いに困った顔つきになると、黙り込んでしまった。すると驚いた事に、ここで仁吉が口を開き、猫又の味方をした。

「なに、薬を飲んだ後、目が覚めるまで、誰も若だんなを起こさなければ大丈夫って事だな。たった一日の事だ」

「それは、そうだ」

仕事へ行くとなると、付いていきたい妖達がいつも騒いで、若だんなは寝不足になる。それで毎回調子を崩すのだと、隣で佐助が言っている。

「そ、そうだよね。たった一日、静かに寝ていればいいんだ。なら、兄や達の考えが変わらない内に、今、飲むよ」

若だんなは急ぎ、湯飲みを手に取った。すると妖達は、決戦の時を迎えたと言い、揃(そろ)って顔つきを引き締める。そして、若だんなが飲む一瞬に向け、皆で数を数え始めた。

「とお、ここのつ、やっつ、ななつ、むっつ」

(猫又の秘薬〝暁散〟。これさえ飲めば、きっと丸一日、働いていられる。私は今度こそ、跡取りとして役に立つんだ)

若だんなは、深く頷き、何やら恐ろしげな色の薬を見つめた。三途(さんず)の川を思い出したのは、気のせいだと思う事にした。

「いつつ、よっつ、みっつ」

臥せったあげく、若だんなが居なくても何とかなったとは、もう言われたくない。若だんなは先々、長崎屋を支えていくのだ。

「ふたつ、ひとつ、それっ」

皆が大きく声を上げた時、若だんなは一気に〝暁散〟を飲んだ。すると。

「ぐえっ」

薬湯を飲み慣れている若だんなでも、思わず吹き出しそうになり、慌てて口を押さえ必死に飲み込む。何とか薬が喉を下ると、目の前で火花が散った気がした。

しかし一寸の後……若だんなは布団の上で首を傾げたのだ。

「あれ？　どこかで似たようなものを、飲んだことがある気がする……？」

「きゅんい？」

だが考える間もなく、妖達は若だんなを横にして、早々に布団を被せてきた。

「寝なきゃ、直ぐに寝なきゃ」

「きゅいきゅい」

鳴家が何匹か布団へ潜り込んできて、嬉しげに鳴くと、先にさっさと眠ってしまう。するとその寝息に釣られ、若だんなは考えをまとめる間もなく、じき、夢の内へ誘われていった。

2

猫又薄墨が、長崎屋の離れへ現れる、一月ほど前のこと。

仁吉と佐助は若だんなの前で、己の言葉を大いに悔いている様子であった。離れにいる若だんなの目から、突然涙が転がり落ちたからだ。

よく、〝ゆったり〟という字が、着物を着ているかのように言われている若だんなは、大概の事では騒いだりしない。たとえ猫又が庭で踊り出し、化け狐と付喪神が、お菓子の事で言い争いをしても……若だんなは離れの縁側で、小鬼に、焼いた大福餅を食べさせていたりするのだ。

ところが。今日の若だんなは、布団の内で饅頭のように丸まったまま、珍しくも涙を流していた。熱と吐き気に負け、今日も枕が上がらなかったからだ。

「また、仕事が出来なかった」

最近、長崎屋の主藤兵衛は、一人息子の若だんなに、店主としての仕事について話すようになっていた。しかし若だんなは未だに、そういう仕事へ行けた事がなかったのだ。

初回は父の藤兵衛と共に、廻船問屋のお客に喜んで頂く為、本所回向院で開かれている勧進相撲へ行く事になっていた。一緒に相撲を楽しみ、話をすればいいだけの仕事だ。それでも若だんなは喜んだし、兄や達すら、頑張れと励ましてくれたのだ。

「とっても、簡単な事だったのに」

なのに情けなくも熱を出し、その日若だんなは家から出られなかった。

それで頭を抱えていると、優しい親は、直ぐに次の付き合いへ誘ってくれた。今度は、両親が頼まれていた見合いの席へ、同道しておくれと言われたのだ。

「三の倉屋さんの息子さんと、日本橋、生田屋さんの娘さんに、御縁があるんですか。私は芝居小屋の内で、息子さんの話し相手になればいいんですね」

芝居を見たかったからか、妖達も影内から付いていくと盛り上がっていた。だが、しかし。

中村座へ行く二日前になって、若だんなは突然、食べ物にあたってしまったのだ。元気を付ける為、猫又の薄墨が特別に持って来た魚を食べたら、若だんな一人だけ、胃がひっくり返ってしまった。

よって両親のみが芝居へ出かけ、無事に見合いを済ませた。藤兵衛が似合いだと言った二人は、その場で相手を気に入り、長崎屋は両家から礼を言われる事になったらしい。

「良かった。つまり……私が行く必要なんか、なかったんだ。私が寝付いていても、起きてても、何も変わりはないんだ」

二度も役立たずであった若だんなは、頭から布団を被り、寝間で丸まってしまった。鳴家達が小さな手で布団の上から撫でても、首を出す事もない。

すると次に、息子を甘やかす技なら、藤兵衛に負けないおたえが、兄や達と離れへやってきた。そして、大丈夫、この世には用が山ほどあるんだよと、若だんなへ明るく言った。

「一太郎、良くなったら両国の、大貞親分のお役に立ってちょうだい」

若だんなは、大丈夫ですから放っておいて下さいと言いかけ……それでは拗ねているような気がして、布団の端から顔を出した。大貞は名の通った地回りで、以前縁があり、若だんなとも顔見知りであった。

「おっかさんも、大貞親分を知っていなさるんですか？」

「それがね、先日お見合いの為に芝居へ行った時、親分さんとお会いしたのよ」

大貞も来ていたようで、藤兵衛へ挨拶をしてきたのだ。その時大貞は、芝居小屋で会ったのも何かの縁だと、抱えている悩み事を藤兵衛へ話し、力添えを頼んで来たという。

「近々大貞親分の所へ、中山道の方から、知り合いの親分方が訪ねて来るらしいの。大貞の親分は賑やかな盛り場に、縄張りを持っていなさるでしょ。だからお客が来ると、両国橋の辺りでもてなしていたそうだけど」

ところが今回のお客の内には、江戸へ何度も来ているお人がいるらしい。つまり花火にも夜の盛り場の賑わいにも、慣れているのだ。

「それで、一日くらいは余所でもてなしたいと、親分は考えてるんですって。だから親分に代わって、おもてなしを頼まれたおとっつぁんは、今、本気で悩んでいるのよ」

両国橋の大親分、大貞に貸しが出来たら、長崎屋としても何かの時、心強いに違いない。つまり藤兵衛は是非うまく、街道筋の親分達をもてなしたいのだ。

しかし。若だんなは布団の中から、これは悩みますねと言った。

「お客達は、盛り場に飽きてるんですよね。芝居小屋で、そんな話を持ちかけられたって事は、芝居も見慣れているんでしょう」

吉原など、直ぐに思いつくお楽しみの場所も、大貞は既に一度、考えた事だろう。つまりそこも駄目なのだ。佐助も言った。

「吉原の花魁は、初会の客に、愛想良くなどしてくれませんしね」

すると、この時。四人の話を聞いていたのか、猫又に河童など妖達が、ぞろぞろと若だんなの周りへ寄って来た。おたえは大妖おぎんの娘だから、勿論妖達は馴染んでおり、遠慮がない。小鬼達など、おたえの膝へさっさと乗ると、勝手な考えを話し出した。

「きゅい、江戸のお菓子巡り、どう？　鈴木越後行って、三春屋で辛あられ食べて、最後に安野屋で栄吉さんの餡子玉食べて、死ぬの」

「おいおい、もてなしの席で、死んじゃ困るだろうが」

「屏風のぞき、栄吉の餡子を食べたって、いくらなんでも死にはしないよ」

眉尻を下げた若だんなの横で、小鬼達が、食い歩きがいい、食い歩きがいいと繰り返す。しかし猫又のおしろと化け狐は、首を傾げた。

「確かに、悪い思いつきではないです。けど、美味いものを食べに行く事くらい、とっくに大貞の親分さんも、考えついてますよ」

「おしろさん、そうですよねえ」

すると、いっそ貘の場久に怪談を語らせ、その寄席で美味い料理でも出したらどうかと、佐助が考えついた。楽しいことを重ねれば、今までとは違ったお楽しみになるというのだ。

しかし、今度はおたえが眉を顰める。

「寄席などの小屋で楽しんで、美味しいものを食べる。それって……両国の盛り場でよくやる、楽しみ方よね？」

だが、そもそも盛り場以外の楽しみを求めて、大貞は相談をしてきたのだ。

「あ、そういえば同じですね」

若だんなが言い、妖達が肩を落とした。すると次に、ならばいっそ妖達が総出で親分達をもてなしたらと、おしろが口にしたのだ。

「河童が一緒に泳いで、水の中を案内するとか。天狗が抱えて、空を飛ぶのもいいです」

見るだけでなく、自分で何かをする方が、ぐっと楽しかろう。

「おおっ、凄い。お客の親分達は誰も、それはやった事がないに違いない！」

一瞬、離れの中が沸き立った。

しかしおたえは苦笑を浮かべ、きっぱり駄目だと言った。そんなとんでもない事をしたら、伴天連の技でも使ったのかと、藤兵衛が疑われかねないのだ。

「長崎屋が、潰れちまいますよ」

「……ありゃあ」

するとその時、若だんなが、にこりと笑った。そして皆から色々聞いたおかげで、いい事を思いついたと言った。

「はて、我らのおかげとは？」

「今、皆が言った事だよ。美味しい物は、皆が好きだ。やったことのないことは、面白い。うん、飛ぶなんて事は出来なくても、自分達で何かするのは楽しいよね。それだよ」

若だんなは、思いつきを語った。

「中山道から来た親分方には、江戸の海は珍しいだろうと思います」

しかし、何度も江戸へ来ている親分なら、海を見に行った事はあるかもしれない。

「だけど、海で楽しんだ事はないと思うんだ」

そこで若だんなは、金子(きんす)をはずんで漁師に頼み、客の親分達と一緒に、網で魚を捕まえたらどうかと言い出した。

「そして、捕れた魚を深川辺りの料亭で、直ぐに料理してもらうんです。自分で捕った魚は、きっと凄く美味しいです」

「あら、いいわね」

「きゅいきゅい。鳴家もお魚、食べたい」

「刺身、煮付け、天麩羅(てんぷら)！」

おたえが微笑(ほほえ)み、妖達が食い意地の張った事を言い出したので、皆、自分もやってみたいのだと分かった。つまり若だんなの思いつきは、楽しんで貰えそうなのだ。

ただ、ここで仁吉がにこりと笑って、寝ている若だんなを見てくる。

「若だんな、それは良い考えだと、この仁吉も思います。となると、問題は一つですね」

「仁吉、笑っているのに、何だか顔が恐いよ」

「若だんなは、きっと自分で、親分さん達をもてなしたいんですよね。一緒に、魚を捕まえる気だ。潮風に吹かれ、網を引っぱったり、運ぶ手伝いをやるつもりなんですね？」

仁吉は、若だんなは寝込むと断言した。

「それも、翌日じゃありません。そんな事をしたら、魚を捕まえに行った舟の上でひっくり返って、お客の親分さん方に迷惑をかけます！」

それではもてなしにならないと言われ、若だんなは口をへの字にした。だが、返す言葉が咄嗟に出て来ない。

「ですが、考え自体は良さそうです。ええ、旦那様へ伝えれば、漁師を見つけ、上手くやって下さるでしょう」

「仁吉、私だってちゃんとやれるよ。大丈夫、寝こんだりしない。ねえ、仕事をしたいんだ」

しかし兄やも妖達も、誰も頷いてくれない。何しろ若だんなは、繰り返し寝付いているのだから。

「……………」

若だんなは流れ出しそうになった涙を、必死に押し止めた。役立たずな上に、泣き虫となったら、目も当てられないではないか。自分で己が、嫌になるではないか。

だが、それでも目から涙がこぼれ落ち、若だんなは大急ぎで頭から布団を被ると、また饅頭の仲間に化けてしまった。そして中から、小声で言ったのだ。

「分かったよ。おっかさん、おとっつぁんへ話を伝えて下さい。上手くやって下さい」

心配しなくていい。ちゃんと今日も、薬を飲むから。若だんなはそう付け足した。さすがにおたえも、目の前で寝ている若だんなが、海へ行けるとは言えないようであった。息子の思いつきを褒めると、母屋（おもや）へ戻ってしまったのだ。

3

仕事へ行けなくなるのは三度目で、若だんなは、すっかりしょげた。約束どおり、薬はせっせと飲み込むのだが、飯が喉を通らなくなってしまう。粥（かゆ）ばかりでは力が付かないと、兄や達は酷く心配したが、食べられないものは仕方がない。二人は真剣に、考え込んでしまった。

そうして、翌々日には大貞達を海でもてなすという日、若だんなは変わらず、布団から出られずにいた。すると縁側から、おずおずとした声が聞こえてきたのだ。

「あの、猫又の薄墨です。その、若だんなは、海での漁に行きたいんですってね」

藤兵衛が、若だんなの考えを両国へ知らせたところ、大貞は大層喜び、是非客人達と楽しみたいと言ったらしい。長崎屋はさっそく腕の良い漁師を見つけ、料亭にも話を通していた。

「それで猫又は、今回是非若だんなへ、お話ししたい事が出来たんで」

どうも薄墨は、以前贈った魚で若だんなが当たってしまった事を、気にしているらしい。それで詫びとして、ある薬を受け取って欲しいと言い、寝間へ入ってきた。何と、猫又にも河童と同じく、秘薬があるという。

「もっともあたしらの薬は、河童の秘薬ほど、強烈なもんじゃありません。それで妖でも、知る者は少ないんですよ。ええ、若だんなも聞いた事が、なかったと思います」

その程度の薬だが、ものは考えようだと猫又は言う。人は長生きである妖ほど、総身が強くない。つまり若だんななどは、河童の強い薬だと、飲むのが辛い筈なのだ。

「でも猫又の妙薬〝暁散〟であれば、飲めるんじゃないですかね」

若だんなは猫又から薬効を聞くと、直ぐに身を起こした。そして薄墨の、虎模様の手を握った。

「飲むと、丸一日寝る事になる。けど、起きた後は一日、元気に過ごせる薬があるの？」

だが、その言葉を聞いた途端、部屋にある屛風の中から、付喪神が現れた。そして、何だか話が都合良すぎると、渋い顔で言ってきたのだ。

「若だんな、今日に限って、何でそんなに簡単に、妙な話に乗るんだ？　美味しい話の周りにゃ、落とし穴が幾つもあるもんだぞ。分かってるよな？」

「きゅいきゅい」

しかし今日の若だんなは、素直ではなかった。

「それはそうだけど……穴に落っこちてもいいから、突き進んでみたい時もあるんだ。今、分かった」

「若だんな！」

「だって、猫又の薬があれば、海へ行く仕事、私も出来そうじゃないか」

一方もし、猫又の〝暁散〟を飲まなかったら。きっと寝こんでいる間ずっと、どうして飲まなかったのだろうと、後悔するに違いない。若だんなはそう思ったのだ。

「確かに奇妙な程、丁度良い時に、薬が現れたもんだけど。都合の良過ぎる薬は、ちょいと恐い気もするけど」

だがこのままではまたまた、仕事に行けない。若だんなは既に、十分過ぎる程、情けなさが募っているのだ。

「だから薄墨さんの薬、飲んでみたい」

すると猫又薄墨は、本当によい品なのだと言い、大きく頷いた。そして散薬を、若だんなの前へ出したのだ。

「出かける前の日、つまり明日の朝、煎じて飲んで下さいまし。そうすれば明後日の朝、目が覚めた後、一日元気に過ごせます」

ただ。

「〝暁散〟は、あの世へ行けそうな色で、強烈な匂いです。でもまあ、いつも薬を飲み慣れている若だんななら、飲めますよね？」

「……うん、頑張る」

「きゅわ大丈夫、若だんなは三途の川、慣れてる」

若だんなは意を決し、離れで次の日、妖達が数を数える中、本当に頑張って薬を飲んだ。そして直ぐに横になると、眠りに落ちつつ、ぼんやりとした話し声を耳にしていた。

まず兄や達は妖らを、離れから遠ざけた。小鬼達などが、うっかり若だんなを起こしたら大変だからだ。これから一日、若だんなはぐっすり寝なくてはならなかった。

「だから皆は、一軒家へ行ってなさい。いや、あの家があって良かった。幾ら出かけるのが嬉しいからって、今回は、寝るのを邪魔しちゃ駄目だ」

佐助がそう言って金子を渡したので、妖らは酒と菓子、刺身や冷や奴などを求め、皆で裏の家へ向かう事になった。一軒家の板間で酒盛りをしつつ、若だんなが目覚めるのを待つのだ。

すると、屏風のぞきの声が聞こえた。

「ついでに誰が海へ付いていくか、一軒家で大勝負をしないか」

今回兄や達二人は、若だんなと一緒に海へゆくだろう。自分も影の内から付いていき魚を食べたいと、屏風のぞきは言うのだ。きっと他の妖も、同じに違いない。

「だが、あんまり大勢だと、お客に知れちまうよな。料理も分けて貰うんだ。まあ、三人がせいぜいだろう」

若だんなに気を揉ませたら、兄や達に海へ放り込まれてしまう。

「だから勝負をして、お供を三人に絞ろう」

妖達の真剣な声が、じき、遠のいていった。


長崎屋の店奥にある六畳間で、おたえが亭主の藤兵衛の横へ、ちょんと座った。兄や達から、若だんなが思い切って、猫又の薬を飲んだと聞いたからだ。それで藤兵衛へ、明日は若だんなも海へ同道して欲しいと、改めて頼みに行ったのだ。

「漁師さんを雇って、海でお客さんをもてなす考えは、一太郎が思いついたんだもの。元気になるんだから、連れて行ってあげて」

行ける事になったら、若だんなは凄く喜ぶに違いない。おたえは笑みを浮かべて言った。

ところが藤兵衛は妙な顔つきをして、おたえを見てくる。そして、どうして若だんながな急に、調子が良くなると思うのか、真顔でおたえへ問うてきた。

「あの子は今日も、昼間から寝ているみたいじゃないか。明日、舟で漁なんかしたら、倒れて海に落ちるよ。溺れてしまう」

「大丈夫ですよ。だって」

「だって？」

「つまりその……」

言いかけて、その先を話せない事に気がつき、おたえは自分でびっくりしてしまった。

（あら、そういえばこの話には、妖の猫又が絡んでいるんだったわ）

藤兵衛と一緒になって長いが、これまで二人は、妖の話などしたことはない。藤兵衛は不思議な事にも、訳があると考える男だった。だから妖が江戸にいるとは、考えた事もないに違いない。

（おまえさん、猫又がね、戸塚から妖の秘薬を持って江戸へきたの。その散薬を飲んだから、一太郎は明日、漁をしても大丈夫なのよ）

今、この長崎屋の六畳間でそう言ったら、藤兵衛はどう思うだろうか。おたえは考えてみて……小首を傾げてしまった。

（きっと、私の額に、手を当ててみるんじゃないかしらねえ。熱でもあって、妙な夢を見たと思いそうだわ）

そんな性分だから、藤兵衛は側に山と妖達がいても、今まで気がつかずに来たのだ。

（あらまあ、どうしましょ。このままじゃうちの人は、納得しないわね。つまり一太郎は、海へ連れて行って貰えないわ）

せっかく意を決して、恐ろしい見目と匂いの薬を飲んだのだ。なのに仕事へ行けなかったら、若だんなが哀れではないか。

（でも一太郎が急に元気になる訳を、旦那様に、どう得心して貰えば良いのかしらねえ）

そんな事が、おたえに出来るのだろうか。しかも時は、あと一日しかない。若だんなが目覚めるまでが、勝負なのだ。

（これは、大事だわ）

おたえがゆったり狼狽えていると、藤兵衛は、不安を感じた様子で眉を顰めている。それから、一太郎の病が重くなったのかと、何故だか心配げに問うてきたのだ。

「いいえ、違うんですよ。あの子は、良くなってるんです」

「そうなのかい？　なら……ちょいと一太郎の様子をみてくるよ。何だかいつもより、心配になってきた」

「えっ、おまえさん、今、離れへ行くんですか？　その……一太郎は寝かせておきましょうよ」

藤兵衛が急に立ち上がったものだから、おたえは焦った。先程化け狐達から聞いたが、薬を飲んだ若だんなは、今日一日、ぐっすり寝ていなければならないのだそうだ。

（明日まで、起きてはいけないって話だったのに）

おたえは思わず亭主の袖を摑み、その足を止めてみた。けれど頭の中は真っ白で、藤兵衛を納得させる妙案など、さっぱり浮かんではいない。

（ああ、化け狐に人の姿を取ってもらって、うちの人に説明させるんだった）

だが頼りの妖は今、皆と一緒に一軒家へ行っており、急に呼ぶ訳にもいかなかった。

（この人が納得する話……まあ、困ったわ。どうしたら良いのかしら。何を話したら、この人、分かったと言うかしら）

おたえはふと思いつき、今回のお客、大貞の名に頼ってみた。大貞は藤兵衛の顔見知りだし、その上地回りの大親分だ。その名を使えば藤兵衛も納得し、息子を伴う事にするかもしれない。とにかく今は、若だんなを放っておいてくれるかもしれない。

おたえはそれを期待したのだ。

「あの、明日は大貞親分も、一緒に海へ行かれるんでしょう？　久しぶりだから、一太郎は会いたがってるんです」

すると、期待以上の事が起きた。藤兵衛はその場へ、すとんと座ってくれたのだ。

（あら、止められた）

　おたえがほっとして笑うと、藤兵衛は妻の顔を見つめてくる。

「一太郎が、大貞親分に会いたいと言ったんだって？　はて、二人がそんなに親しいとは、知らなかった。驚きだねえ」

　一太郎は以前、大貞と会ってはいる。だが藤兵衛は、息子と大親分が親しい付き合いだとは、聞いた事も無いと言ったのだ。

「あら、そうでしたか」

　拙かったかなと、おたえは溜息をついた。

（話が、こんぐらがってしまったかしら。いえあたしが、分からなくなってきたわ）

　こうなったら一度話を終わらせ、化け狐を探して、後を頼むしかないだろうと思う。

　ところが、だ。驚いた事に、藤兵衛は離れへ行くのを止めたようで、もう立ち上がろうとはしなかった。代わりにおたえの目を見つめ、少し顔を赤くして、変な事を話し出したのだ。

「おたえ……その、大貞の親分さんは、鯔背な男だよね。沢山の手下達を従えていなさるから、男気が顔に出ているというか」

　つまり、その。大貞に会いたいのは、若だんなではなく、おたえではないのか。藤兵衛はそんな事を、突然言い出したのだ。

「あら親分さんて、男前でしたか？　おまえさんがそう言うんなら、そうなんでしょうけど」

「や、やっぱりそう考えてるのか？　おたえは、ああいう男こそ良い男だと、そう思うんだね」

「そうでしたっけ？」

おたえは亭主と、何だか話が嚙み合わないと思いつつ、首を傾げた。

4

長崎屋の裏に建つ一軒家では、酒の肴を冷や奴にしたのは賢明だったと、妖達が口にしていた。

明日の外出は海で漁をして、その後、料亭でご馳走を食べるという、それは楽しいものだ。だから影の内からであっても、若だんなのお供をしたい妖は、それは多かった。

それに若だんなは力が弱いし、多くは食べられない。明日は妖達が、漁でも食べる事でも、大いに活躍出来る時であった。

　つまり誰が付いていくのか、これから真剣な勝負になる訳で、熱い鍋料理などが板間に出ていては、危なくて仕方がなかった。ここで、若だんなの袖内に三匹は入れる為、お供が決定している鳴家は、余裕のある態度で口にした。

「きゅんい、勝負、かくれんぼで決めるの、どう？　鳴家が一番」

　するとおしろが、首を横に振った。

「駆け回ると、うるさくなります。離れで寝ている若だんなを、起こしちまいますよ」

「そいつは駄目だな」

　化け狐と屛風のぞきが頷き、小鬼と河童、猫又、鈴彦姫が、さてどうしようかと、困ったように顔を見合わせる。

　すると。ここで屛風のぞきが口元に、恐い様な笑みを浮かべた。そして、まだ甘味を買っていないから、饅頭で決めてはどうかと皆へ言ったのだ。

「つまり、だ。今日は近くの三春屋じゃなく、安野屋へ買いに行く事にしよう」

　一瞬、一軒家の中が鎮まった。そして鈴彦姫が恐い顔をして、屛風のぞきの顔を見つめる。

「それってもしや……今回の勝負に、栄吉さんの菓子を使いたいって事ですか？」

ああ、分かっちまったかと、屏風のぞきは苦笑しつつ頷いた。

「安野屋で買った饅頭の中に、栄吉さんが作った饅頭を三つ入れておくんだ。で、栄吉さんの菓子を食べた妖が、お供をするって訳だ」

いつもであれば避ける、とんでもない味の饅頭を、今日は皆が求める事になる。それも面白かろうと、屏風のぞきは言ったのだ。

「おや、そりゃ名案かもな」

妖達は沸き立ち、鳴家は楽しげに鳴く。しかし鈴彦姫は、溜息をついた。

「それって、栄吉さんの菓子が飛び抜けて恐い味だと、決めつけてますよね？」

大事な友の饅頭を、そんな風に使ったと知ったら、若だんなは怒るに違いなかった。

「そんなもの……言わなきゃいいだろうが」

「でも屏風のぞきさん、化け狐はこの話、大事なおたえ様には話しますよ、きっと」

すると守狐（もりぎつね）は頷き、自分達はおたえの守だから、隠し事などしないと言い出した。

「となるとおたえ様は、栄吉さんの菓子の話を、藤兵衛旦那へ話すでしょう」

藤兵衛は番頭に言うだろうし、横で聞いている筈の奉公人が、台所で誰かに伝えるだろう。鈴彦姫はそう断言した。

「その内、一軒家の三人が、栄吉さんの菓子で賭をしたって話に化けて、若だんなにも伝わると思いますが」

「だから、そうなると分かってて、化け狐は何でおたえ様に話すんだ？」

屏風のぞきと化け狐が、寸の間睨み合う。しかし屏風のぞきは、でもまあ大丈夫だろうと、直ぐに怒りを引っ込めた。

「だってさ、栄吉さんの菓子で賭け事をしたって、若だんなに伝わるのは、明日の外出より、ずっと後になる筈だ。若だんなは明日まで、目を覚まさないんだから」

つまりお供が決まり、皆で楽しんだ後、聞く事になる訳だ。

「まあ、その頃になれば時が経ってるから、若だんなも、そうは怒らないに違いないさ」

随分経ってから怒っても、仕方ないではないか。

「だよな？」

屏風のぞきが明るく言うと、他の妖達も、そうかもなと言い出した。もし違ったら……叱られる役は、屏風のぞきが引き受ける事になるから、大丈夫であった。

ところが。

事が決まって程なく、母屋の鳴家達が何匹か、一軒家へ飛び込んできたのだ。そして珍しい事に、分家している一太郎の兄、松之助(まつのすけ)が訪ねてきたと言った。

「まあ、本当に久しぶりですねえ。お元気な様子ですか?」

鈴彦姫が明るく問うと、母屋の鳴家達は、何故だか顔を赤くして、何度も頷いている。松之助は元気で、弟一太郎の見舞いに、菓子を一杯買ってきたという。

「きゅい、松之助さん、安野屋さんで買ったんだって。わざわざ栄吉さんに、饅頭、作ってもらったんだって」

「は? 辛あられじゃなくって、栄吉さんに饅頭を作らせたっていうのか?」

重箱三つ分あると聞いて、屏風のぞきの顔が引きつる。鳴家達は深く頷いた。

「きゅい、若だんなが喜ぶからって」

「そ、そりゃあ若だんなは、栄吉さんの饅頭を見たら、嬉しいって言うだろうよ」

若だんなと栄吉は、幼なじみであり親友なのだ。ただ、恐ろしい問題が残されていた。

「誰が重箱三つ分の、栄吉さんの饅頭を食べるんだ?」

若だんなが食べられる饅頭は、せいぜい一つか二つだろう。そして母屋の奉公人達は、栄吉の菓子の味をよく承知しているから、全部食べる訳もなかった。栄吉が安野屋へ修業に出る前、若だんなはまめに友の菓子を買って、店で配っていたのだ。

すると何故だか、皆が困った顔を向き合わせている間に、兄や達が一軒家へ姿を現してきたのだ。そして、まるで噂話が引き寄せたかのように、その手に重箱を持っていた。

「松之助さんから、栄吉さんの菓子を頂いた。薬種問屋と廻船問屋で、一つずつ重箱の饅頭を食べる事になったんだ。つまり、三つ目の重箱の菓子は、お前さん達のものだな」

栄吉の菓子と聞き、妖達の腰が引けた。

「いやその、我らに気を使わなくっても、いいんですがね」「ええ、本当に」「きゅべ」

「なんの、遠慮などするな。さっき、鳴家達が話しているのを聞いたぞ。妖達は丁度、栄吉さんの菓子を使って、海へ付いてゆく者を、決めようとしてたんだってな」

「えっ、それはその……」

妖達は顔を引きつらせ、兄や二人を前にして、困ったように口ごもった。皆は、美味しい安野屋の菓子の中に、大当たりとなる栄吉の菓子、とんでもない味の品を、混ぜておく気だったのだ。だが目の前の重箱には、その栄吉の菓子が一杯入っている。

「当たりの菓子ばかりになったら、妖達は皆、海へ付いていっちまうぞ」

屛風のぞきがもそもそと言うと、仁吉と佐助が、何故だか笑みを浮かべた。そして重箱とは別に、三つの菓子を皆へ見せてくる。

「海へ付いてくる妖を、三人選べばいいんだろう?」

自分達に断りも無く、そんな賭をしたのはよろしくないが、今回は承知しようと佐助は優しく言った。よって。

「その三人の妖を楽しく選ぶ為に、形のよく似た三春屋の菓子を三つ、台所から持って来た」

その饅頭を栄吉の菓子に混ぜ、妖皆で、お八つを存分に楽しめばいい。

「三春屋さんの菓子を食べた者が当たり、海へ来る妖という訳だ」

頑張れよと言い、兄や達は重箱を板間へ置くと、若だんなのいる離れへ、早々に帰っていった。一軒家には、重箱に詰まった栄吉の菓子と、上に乗った三つの饅頭が残される。

「一体、誰がへまをしたから、こうなったんだ?」

一軒家で妖達は、しばし菓子そっちのけで、睨み合う事になった。

5

「おや……」

離れで目を覚ました時、若だんなは笑みを浮かべた。猫又の薬を飲んだのだから、一日ぐっすりと眠り、いよいよ朝を迎えたと思ったのだ。

「これで今日一日、元気でいられる」

本当に、心の底から嬉しかった。今日は薬を飲んだのだから、いつもより無理が利く筈であった。だから普段出来ない事も、やってみたいと思ったりしたのだ。

「兄や達が怒るかな。でも今日くらいは、許してくれるかもしれない」

初めて魚を捕ると思うと、楽しみで、思わず微笑んでしまう。それでも若だんなは、横でまだ寝ている鳴家達を起こさないよう、しばし身を起こさずにいた。

（まだ兄や達が来ないもの。いつもの刻限までには、少し間があるんだろう）

するとこの時突然、驚くような声が、母屋から聞こえてきたのだ。

「おたえっ、私は心配なんだよっ」

若だんなは寝床の中で、目を大きく見開き、魂消ていた。

(おとっつぁんの声だ。朝から何があったのかしら)

続いて聞こえてきたのは、何と、おたえの笑い声だ。

(あれれ?)

母の声は何だか楽しげで、ほっとするような調子であったのは嬉しかった。しかし、おたえが早朝から、ああも遠慮なく笑うとは珍しい。まだ静かな内は辺りに声が響いてしまうから、皆、遠慮する。離れまで声が聞こえてくる事など、ついぞ無かったのだ。

ところが、ここで若だんなは、一層顔を強ばらせてしまった。裏手の道から、振り売りの声が聞こえてきたからだ。

「ひゃっこい、ひゃっこい」

その声は、早朝回ってくる筈の、納豆売りや豆腐売りの声ではなかった。暑い日中に売って回る、冷水売りのものだったのだ。

「え、塩ぉーっ」

塩売りとて、早朝から長崎屋の辺りへ、回ってきた事などない。驚いて更に耳を澄ませると、近くの堀川で荷を上げているのか、水主達の声が風に乗って聞こえてくる。遠く近く、道を行く人々の声も耳に届いてきた。

つまり。若だんなは横になったまま、ようよう事を承知した。

（今は、朝じゃないんだ）

どうやら若だんなは、まる一日寝ている事が出来ず、途中で目を覚ましてしまったらしい。

（猫又の妙薬、〝暁散〟を飲んだのに、何で？）

今は何時なのだろうか。若だんなはこれから、どうなるのか。心の臓が、大層早く打っていた。どうしてこんなことになったのか分からず、若だんなは寝床の内で、しばしそのまま動けずにいた。


藤兵衛の様子を、おたえは暫く(しばら)の間、面白がっていた。大親分である大貞の名を聞くと、今日の藤兵衛は顔を顰める(しか)ものだから、何だか可愛(かわい)らしく思えたのだ。

（でも、何でかしら）

藤兵衛は、やたらと大貞の見た目を、気にしているようであった。

「おまえさん、親分さんと、喧嘩(けんか)でもしたの？」

「……そんな事は、しちゃいないよ」

亭主の返事はそっけなく、おたえには不機嫌の訳が分からない。その内、心配なんだと言いだし、拗ねているようにも見えて来たので、訳を聞こうとした。

だがその時、部屋に佐助が現れ、思わぬ事を告げてきたので、問えないままとなった。小間物屋青玉屋の主、松之助の来訪が告げられたのだ。

「まあ、珍しいこと。松之助さんもお咲さんも、元気でやっているかしら」

松之助は一太郎の兄で、藤兵衛の庶子であった。長崎屋はおたえの両親が始めた店故、松之助が生まれた時、おたえは跡取りにすえる事に反対した。

しかし、だからといって嫌う事も無く、松之助とは今も、あっさりとした付き合いを続けているのだ。お咲と婚礼を上げた時、松之助は分家して、小間物屋を始めていた。

「おひさしぶりでございます。これは、若だんなへのお見舞いに」

松之助は、まずは挨拶をすると、驚いた事に、栄吉の菓子を山ほど差し出してきた。重箱三段分もあり、おたえは笑い出した。

「まあ。わざわざ安野屋の栄吉さんへ、餡子入りのお菓子を頼んだのね。栄吉さん、腕を上げているといいわね」

横で藤兵衛が苦笑を浮かべ、佐助へ、菓子を皆へ分けるよう言っている。

「松之助、一太郎は栄吉さんの菓子を喜ぶだろうが、丁度寝付いていてね。母屋へは来られないんだ。それで……おや、今日は一太郎だけじゃなく、私に会いに来たんだって？」

何か急な用なのかと、藤兵衛が心配げに問う。すると松之助は驚いた事に、ちらりとおたえを見てから、妻の事で話があると言った。

「おとっつぁん、実は最近、お咲の様子がどうも変なんです」

松之助は藤兵衛の事を、おとっつぁんと呼んだものの、未だに呼び慣れないのか、ちょっと照れくさそうにしている。

もう長崎屋の奉公人ではないから、松之助が藤兵衛を、旦那様と呼ぶのはおかしい。それに松之助は、小さいとはいえ一軒店を構え、長崎屋の子として分家した。それで婚礼以来、藤兵衛をおとっつぁんと言い始めたが、どうもまだ呼ぶ前に、一つ間が空いたりするのだ。

「婚礼以来、妻のお咲と二人、小間物屋の青玉屋を切り盛りしてきました。その店も最近は、常連のお客が増えてましして。はい、何とかやっております」

青玉屋の奥向きは、里方からお咲に付いてきたばあやが仕切っている。そして最近、青玉屋は小僧を二人置く事にし、松之助は主として、一息ついたところだという。

「ああ、良かったねえ」

「はい。ところが、です。少し余裕が出来た為か、お咲は最近、里の玉乃屋へ何度も帰っているんですよ」

青玉屋は日本橋近くにあるから、お互いの里方は遠くない。しかし。

「急用があって、玉乃屋さんのご家族から、呼ばれた訳ではなさそうです。なのにお咲は、どうしてまめに里方へ行くんでしょう」

お咲の姉おくらは、元々弱い質なので、様子を見るため、里へ戻っているのかもしれない。しかし玉乃屋の両親はまだ健在だし、今はおくらにも婿がいる。お咲が玉乃屋へいかねばならない訳が、どうも松之助には分からないのだ。

「ただその、もしかしたら」

そう言いかけてから、松之助は顔を赤らめ、下を向いてしまった。

「松之助、どうかしたのかい？」

「その、おとっつぁん。気になったんで、先日私も、玉乃屋へ顔を出してみたんです。その時、気がついたんですが」

松之助は、大きく眉尻を下げた。

「おくらさんを診て下さっているお医者が、代替わりしてたんです。で、その若先生ですが、そりゃあ良い男でして」

代が替わって、患者がぐっと増えたと言われている程であった。自分もその若先生に診て貰う為……お咲はわざわざ里方へ行っているのではないか。松之助はそう、言い出したのだ。

「その、あの、私はそれが心配で」

そう言うと松之助は顔を赤くし、畳へ目を落としてしまった。おたえは横で、首を傾げる事になった。

(ええと松之助さんは、お咲さんが里方でお医者にかかると、気になるみたいね)

まあ医者代は高いというし、青玉屋はまだ商いが大きくない。だから、まめに通われると、払いが大変なのかもしれない。いや嵩む医者代を払いかねて、お咲は里へゆき、親に医者代を払って貰っているのだろうか。

「という事は、お咲さん、重い病なの？」

心配になって、おたえは問うてみた。もしや金子を借りる為、松之助は今日、長崎屋へ来たのだろうか。

(なら見舞いのお金は、気前よくあげなきゃね)

だが松之助は、きっぱり首を横に振った。

「いえ、お咲は元気です。それは本人にも、お咲のばあやにも確かめてあります」

「まあ、良かったこと。ならお咲さんが里方へ通うのは……あら、何でかしら」

おたえが更に首を傾げていると、何故だか横に座っている藤兵衛が、松之助へ真剣な顔を向けたのだ。そして亭主は、妙な事を言い出した。

「そいつは心配な事だね。松之助がわざわざ、長崎屋まで来るくらいだ。お咲さん、目に余るほど、玉乃屋へ通っているんだね」

「……はい」

ここでおたえは眉尻を下げ、二人を見る。

「あの、おまえさん。里へ通うくらい、放っておいてもいいんじゃないの？ 近いんですもの」

「お、おたえ。今度のお医者は、若い先生なんだよ。松之助はそこを、心配しているんだ」

「あら、お若いんで、安心して診て頂ける程の腕が、まだないのかしら。確かにそれは、心配でしょうけど」

しかし、そもそもお咲は丈夫で、今、医者に掛かってはいないのだ。それに長崎屋へ来て、若先生の腕を、藤兵衛へこぼしても始まらない。藤兵衛は大店の主ではあるが、医者の腕を上げる技は持っていないからだ。

「そうよね、お前様」

だが、何故だかここで、藤兵衛と松之助は、顔を見合わせる。

「おたえ、それはね……違うんだよ」

「あら」

まさか藤兵衛は、若いという玉乃屋のかかりつけの医者を、鍛える事にしたのだろうか。長崎へでも、修業にやる気であろうか。

「おまえさん、毎日忙しいのに、医者の面倒までみる気ですか。仕事を増やしたら、体を壊しちまいますよ」

だが、ここで藤兵衛と松之助は、揃って困ったような顔になったのだ。そして、次の言葉が出て来ないのを誤魔化すかのように、二人は手土産の饅頭に手を伸ばし食べ始めた。

（あら、また話が嚙み合わないわ）

おたえは眉尻を下げ、饅頭を見つめてしまった。

6

若だんなは寝床の中で、酷く戸惑っていた。

しかし目が覚めてしまい、もう当分、眠れそうもなかった。このまま明日まで、横になっていられそうもない。その内、お腹も空いてくるだろうし、第一そろそろ厠へ行きたかった。

(でも薬が効かず、目を覚ましたと分かったら、明日、海へ連れて行ってもらえないかもしれない)

若だんなは溜息をつくと、そうっと起き上がった。そして羽織を肩に掛けると、障子戸を僅かに開けて表をうかがう。

(あ、やっぱりまだ昼間だ)

鳴家達が直ぐに起きて、袖内に入ってくる。それで若だんなは小声で、小鬼達に頼んだ。

(私が起きた事を、他の皆に知られたくないんだ。力を貸してくれないか?)

するとその三匹は、若だんなの味方になると言ってくれた。

「きゅい、大丈夫」

「きゅわ、鳴家は賢い。見つからない」

それで若だんなは鳴家達と、まずはこっそり厠へと向かった。

すると。すぐ近くにある一軒家から、妖達の揉める声が聞こえてきたのだ。若だんなが首を傾げつつ、厠の外で手水(ちょうず)を使っていたところ、一軒家から鳴家が二匹やってきて、妖達の揉め事をきゅいきゅい語った。

「おや、母屋(おもや)に松之助兄さんが来てるのか。それで私へのお見舞いに、栄吉の菓子を、重箱三箱分も持って来てくれたんだね」

若だんなは兄の気遣いが、嬉しかった。しかし妖達は、栄吉の菓子を不味(まず)いと決めつけ、どうやって食べようかと、一軒家で揉めている所だという。

「そんなに嫌がる事ないのに。今日のお饅頭は、美味(おい)しいかもしれないじゃないか」

だが確かに最近、栄吉の菓子は、そこそこ美味(うま)かったり強烈な味だったり、出来が日によって違った。若だんなは意を決すると、一軒家へと向かった。

「栄吉の饅頭があるんなら、私も一つは食べておかなきゃ」

しかし、やはり兄や達に、起きている所を見つかりたくない。それで鳴家に頼み、一軒家の表へ、幾つか饅頭を持ちだしてもらった。見たところ、今日の饅頭は結構上手くってあるように思えた。

「真っ白いお饅頭だ。美味しそうだよ」

若だんなは思いきって、ぱくりと一つ食べてみる。小鬼達も勇気を出し、後の二つへかぶりついた。すると。

「あれ？　これ美味しいよ」

「きゅいきゅい、鳴家、もっと食べる」

若だんなの饅頭も、小鬼達が食べていたものも、あっという間に無くなった。若だんなは大きく笑い、一軒家の方へ目を向けた。

「栄吉ったら、腕を上げたじゃないか。これならきっと、皆も美味しいっていってくれるね」

「きゅんわ」

若だんなは嬉しげに笑うと、そっと長崎屋の離れへ戻った。


一軒家で、化け狐と屏風のぞきは、喧嘩をする寸前になってしまった。妖達は、栄吉の饅頭を大量に食べる羽目になった。何だかそれが、お互いのせいに思えてきたからだ。

だがそこで、貧乏神金次のぴしりとした声が、諍いを止める。

「この一軒家で暴れるなよ。あたしは大事な大事な長火鉢に、傷が付いて欲しくないんだ」

金の字が入った湯飲みも大切だから、喧嘩で割れたら怒ると、金次は言い切った。そして貧乏神は、怒ると本当に恐いのだ。

「それにだ、睨み合ったって、栄吉さんの饅頭が消えて無くなる訳じゃなかろ？　どうあがいたって、重箱一杯の饅頭は、あたしらが食べなきゃならないんだよ」

ならば最初に考えていた通り、饅頭を使い、海へ付いていく妖を決めるしかないと金次は告げる。兄や達が三つ、三春屋の饅頭を足していってくれたのだ。皆で饅頭を無くなるまで食べ、その美味しい饅頭を引き当てた妖が、お供として行けばいい。

「そういう事でいいかな？」

それ以外にやりようもなかったから、金次の言葉に皆が頷いた。それで、部屋の隅に置いてあった重箱を、板間の真ん中に持ってくる。すると重箱の上にあった、三春屋の饅頭三つが消えていた。

「あれ？　中に入れたんだっけ？」

化け狐が重箱の中身を確かめたが、似た様な白い饅頭が入っており、どれがどれだか分からない。すると鈴彦姫や場久が、深く頷いた。

「どれだか知れなくなったなら、好都合じゃないですか。これから三春屋のお饅頭がどれなのか、皆で当てっこするんですから」

おしろが横で濃い茶を淹れ、皆へ配った。今日の栄吉の饅頭は、そこそこの出来かもしれないし……大急ぎで茶を飲みたくなる代物かもしれないからだ。

すると屏風のぞきが鳴家を見て、真面目な顔で問うた。

「それで鳴家、一番に饅頭を食うか？　それとも皆が食べた後にするか？」

ただ、皆の後で食べた場合、小鬼は一番一番と、うるさく言ってはならない。屏風のぞきはそう言って、小鬼に釘をさした。

すると、鳴家達は足を踏ん張った。

「鳴家、一番！　だから一番に食べるの」

そして重箱の縁に手を掛けると、饅頭を取り出しにかかる。だが真ん中辺りのものには、小さな手が届かない。よって鳴家達は、端にあったものを何とか抱えて取り、板間へ置いた。そしてもう一度足を踏ん張ると、数匹が一斉にかぶりついた。

すると。

「きゅんべ……べべべべべ」

小鬼はくるりとその場で回り、揃って、ばたりと倒れてしまったのだ。何故だか小鬼達の顔は、真っ赤になっている。

「えっ？」

大げさなのか、それとも今回、栄吉の饅頭は恐ろしい出来なのか。妖達が息を吞んで小鬼達を見つめたが、倒れた数匹はぴくぴくと震え、起き上がらない。

「き、強烈な味みたいだな。食うのを止めた方がいいかな」

屛風のぞきはそう言ってみたが、その言葉には、仲間が犠牲になった鳴家達が、うんと言わない。妖達は逃げられない事を知ると、両の手をぐっと握りしめ、重箱と向き合った。

「皆、気を確かに持って食うんだぞ」

屛風のぞきが言うと、鈴彦姫が眉尻を下げる。

「お茶、片手に持っておきましょうね」

それでも、小鬼が食べたのだ。他の妖達も食べるしかない。しかも一つではなく、三春屋の饅頭三つを引き当てるまでいくつでも。

全員、決死の顔つきになると、恐る恐る饅頭へ手を伸ばした。

（何でかしら。うちの人と松之助さんの話が、どうもよく分からないわぁ）

　おたえは首を傾げた後、お茶を淹れてくると言って、一旦部屋から出て台所へ向かった。すると外廊下で、木の陰から声を掛けられ、庭へ目を向ける。目を見張った。

「まあ、一太郎。どうしたの？　今日はずっと、寝ているんじゃなかったの？」

「ええ、私は今、離れで寝ているんです。つまり、おとっつぁんや兄やに聞かれたら、そう言って下さると助かるんですけど」

　息子から拝むように言われ、おたえはとりあえず頷いた。そして、何故庭にいるのかと問うてみると、起きたらお腹が空いてきたのだという。

「私は我慢出来そうなんですけど、小鬼はこのままだと、海へ行く前に倒れるって言うんです」

「それは大変だわ」

　おたえは笑い、ちょっと待っていなさいと言い置いて、台所へ消えた。そしてじき、お盆に握り飯を盛って現れ、部屋で食べなさいと、若だんなへこっそり渡した。

「具合は良さそうね。なら、途中で目が覚めた事は、気にしなくていいわ。この後、いつものように寝て、明日は海へ行ってきなさい」

すると若だんなは笑って頷き、目覚めたのには訳がありそうだと言ってきた。

「さっきから考えてたんですが。一つ、思いついた事があるんです」

若だんなが飲んだ猫又の秘薬〝暁散〟は、とんでもなく濃かったが、どこかで飲んだことのある味だったのだ。

「つまり、今回猫又が持って来た秘薬は、多分、仁吉が作ったものだと思うんです」

若だんなを励まし、明日、出かけられるようにする為、作った薬であったのだ。しかし、妖の妙薬と言った方が、薬効を信じ込めるかもしれない。兄や達は猫又に頼み、都合の良い話をこしらえてくれたのだろうと思う。若だんながそう言うと、おたえは優しく笑った。

「まあ。もしそうなら、一太郎は明日、しっかり働かなきゃね。仁吉達も、少しは大人の対応を取るようになったみたいね」

千年以上も生きている妖の事を、おたえは子供のように言った。

「はい。そのつもりです」

若だんなはしっかりと頷いた後、おたえに、兄の松之助が、何の用で来たのかを問うた。ただの見舞いにしては、菓子が何時になく多かったからだ。

「それがね、松之助さんときたらお咲さんの事で、変な話をしてるのよ。そういえば今日は、うちの人も様子が変なの」

おたえはここで、先程から嚙み合わない話を、若だんなへ聞かせた。すると若だんなは、何故だか笑みを浮かべ、思わぬ考えを言ってきたのだ。

「まあっ、松之助さんったら、妻の事で焼き餅を焼いていると言うの？　若いお医者様に会いたいから、お咲さんは里へ帰っている。そう思っているのね」

確かにそういう話ならば、小間物屋の仕事を放り出し、松之助は父親に話しに来るだろう。ただ。

「私にはお咲さんが、美男の医者へ心を移したようには、思えないんだけど」

実家の玉乃屋へ帰るたびに、医者と会えるとは、とても思えないからだ。お咲の里帰りの訳は別にあるだろうと、おたえが言い切った所、若だんなは笑った。

「確かに。でもおっかさん。好いた相手が自分の方を見ていないと、心配になる男は多いみたいですよ」

若だんなは、例えば松之助以外にも、長崎屋の母屋には、心を痛めている男がいると言ったのだ。

「まあ、誰かしら」

「おっかさんは今、おとっつぁんの話も、何だか良く分からないって言いましたよね？　おとっつぁん、大貞の親分の名が出ると、機嫌が悪くなるみたいだって」

つまり、それはその。

「あらまあ、うちの人ときたら、大貞の親分さんに、岡焼きしているの？」

まあ面白いと、おたえが言ったものだから、そんな風に面白がると、夫婦げんかになりますよと、握り飯を抱えた息子が生真面目に言う。おたえは一寸、目を見張ってから、満面に笑みを浮かべて若だんなを驚かせた。

「それは面白そうね。あたしね、夫婦げんかって、まだ一度もやったことがないの」

一回やってみたかったと、おたえは言ってみた。すると息子は、困った顔つきとなったのだ。

「おっかさん、夫婦げんかは、楽しむものじゃありませんよ」

「あら、そうなの？」

若だんなは、大いに不安げな様子だが、反対におたえは、一段と楽しくなってきた。それから、早く寝てきなさいねと若だんなに言い、母屋の部屋へ戻っていった。

7

「うわっ、これは何としたことか」

しばしの後。一軒家へ重箱を取りに行った兄や達は、揃って魂消た。一階の広い板間に、数多の妖達がひっくり返り、顔を引きつらせていたのだ。小鬼や貧乏神、獏や猫又まで、とにかく皆やられていた。

「どうした？　何があったんだ？」

「栄吉さんの菓子……今日の味は……猫いらず並だ」

「おお、そこまでだったのか」

二人は部屋に転がった妖達を見て、寸の間言葉を失っていた。しかし直ぐ、表に建つ長崎屋の方へ目を向けたのだ。

「佐助、拙いぞっ。店にはあと二箱、栄吉さんの饅頭がある」

「仁吉、誰かが食べる前に、封じねば」

「おい、薬をくれ……」

転がった屏風のぞきが、苦しげな声を絞り出したその時、兄や二人は既に、一軒家から姿を消していた。

「旦那様っ、松之助さんっ、気を確かに」

時、既に遅し。兄や達が急ぎ母屋へ戻った時、長崎屋は大騒ぎになっていた。

藤兵衛と松之助は、揃って部屋で倒れていたのだ。小僧が青玉屋へ知らせに走り、長崎屋のかかりつけの医者、源信へも使いが行った。仁吉はとにかく二人を寝かせ、大急ぎで胃の腑の中のものを吐かせた。

余りに強烈な味であった為か、藤兵衛らは饅頭を食べた後、直ぐに具合が悪くなった。その為、奉公人達は食べる間もなく、皆、無事であったのだ。そして青玉屋からお咲が急ぎやってきた時、若い松之助は随分と落ち着き、藤兵衛よりも先に起き上がっていた。

だが松之助が無事だと知ると、お咲はほっとしたと言った後、顔を蒼くし座りこんでしまった。それで松之助が寝ていた床に、今度はお咲が横になり、源信が診る事になる。お咲は饅頭を食べてもいないのに、随分と顔色が悪かった。

「お咲さん、大丈夫かね」

横になった藤兵衛は、しっかり妻の手を握りつつ、息子夫婦へ心配げな顔を向ける。しかしおたえは笑みを浮かべると、源信と目を合わせてから、優しく言う事になった。

「あれま、お咲さん。もしかしたら、赤子が出来たんじゃないの?」

「えっ……」

呆然とする松之助に、おたえは、それならば、里へよく行っていたのも分かると、言葉を続けた。

「青玉屋は、まだ新しい店だものね。お咲さんは、赤子が出来たからと言って、長く休んではいられなかったんでしょう」

まだ小僧が入ったばかりで、人手がたりないと分かっているから、店にいると気になってしまうのだ。しかし、つわりもあっただろうから、働き通しは辛い。そんなときお咲は、事情を話しておいた里へ行き休んでいたのではと、おたえは察しをつけた。

するとお咲の蒼くなった顔に、赤味が差す。

「あの……松之助さんに赤子の事を言ったら、休め、後は何とかなると言うに決まってます。ですから」

つまり、だから、それは。

「お咲、本当に子が出来たのか!」

「おおっ、孫が出来たんだね」

松之助が妻に寄り、藤兵衛は床から跳ね起きる。だが藤兵衛はまた吐き気をぶり返し、おたえに縋り付く事になってしまった。

ただ。

「おたえ、今日も綺麗だねえ。側にいておくれ。そうしたら、直ぐに良くなるから」

妻が側で優しくしてくれる為か、藤兵衛は具合は悪そうなのに、機嫌を良くしていた。おたえは笑い出してしまう。

「まあ、今日こそは初めての夫婦げんか、出来るかと思っておりましたのに」

「まあ、おっかさん。おとっつぁんと喧嘩した事、なかったんですか」

お咲は目を丸くしていたが、また気持ちが悪くなったようで、松之助にいたわられている。藤兵衛が、自分達が喧嘩などしたら、一太郎がびっくりしてしまうと言ったところ、おたえは、ではと言葉を返した。

「いつか一太郎が寝ている時に、夫婦げんか、やってみましょうね」

この言葉に、部屋内の皆が笑った。

翌日の事。大貞の親分達を海でもてなす事になったのは、何と若だんなであった。藤兵衛は次の日になっても、舟に乗れる程、良くはならなかったのだ。

一方、朝起きてきた若だんなは、すっきりとした顔つきで、何時になく具合が良かった。それで、母屋で寝ている藤兵衛の部屋へ行き、自分が今日、大貞達をもてなしてくると言い切った。

「兄や達も来てくれますし、大丈夫です」

藤兵衛としては、それでも不安だろうと、若だんなは布団の横で笑った。だから。

「もし海で本当に調子が悪くなったら、兄や達だけでなく、大貞の親分さんにも頼ります。ええ、あの親分さんならいざという時、力になってくれますから」

藤兵衛とおたえが笑いだし、若だんなはいよいよ初めて、父親抜きで仕事へ出る事に決まった。兄や達が藤兵衛へ、しっかり守ると言うと、若だんなは親の布団の脇で、悪戯っぽく笑う。

「大丈夫だよ。もし海で具合が悪くなったら、また仁吉特製の、戸塚の薬を貰うから」

つまりやんわりと、猫又の薬の件が露見している事を伝えて、兄や達を慌てさせたのだ。三人は両国へ行く為、早々に母屋から出た。すると仁吉達は、廊下で直ぐに頭を下げる。

「その、若だんなを騙す気ではなかったのです。ですが、あのままでは海へ行く事など、まずは無理に思えて……」

若だんなは、いつもとんでもなく甘い兄や達へ、明るい笑みを見せた。

「本当にありがとうよ。私が落ち込んでいるものだから、気持ちを引き立たせようと思ったんだよね」

「きゅいきゅい」

「分かった上で、そう言って下さるとは。若だんな、本当に大きくなられました」

二人は、ついこの間までおむつをしていたのにと、涙顔で言う。若だんなは、二人と出会った時はさすがに、むつきはしていなかったと眉尻を下げた。

「昔の話をするんだから」

「ほんの、ちょっと前の事ですよ」

笑い出した。

そして、まずは両国へ行こうと、三人で堀川へ足を向けた後、若だんなはちょいと首を傾げた。付いてきている妖が、袖内にいる鳴家達三匹と、兄や二人だけであったからだ。

「あれ？　珍しいね、他には付いてきてないの？　てっきり来ると思ってたのに」

するると、舟を呼んだ佐助が、堀川の前で振り返り、にやりと笑う。

「一軒家に集まった妖達は今日、揃って寝こんでいましてね」

「私じゃなくて、妖達が、かい？」

「皆は、誰が海へのお供をするか決める為、栄吉さんの饅頭を、重箱一杯食べたんです。大当たりは三つ。中に混じった、三春屋の饅頭でした」

すると何故だか誰も、三春屋の美味しい饅頭を、引き当てなかったのだ。大当たりが出ないまま、妖達は栄吉の饅頭を食べ続けた。そして今回、藤兵衛達を危機に追い遣った饅頭は、妖にも容赦はしなかった。

「食べた妖達を皆、なぎ倒したって訳です」

「あれま」

今、全員一軒家の板間で寝ていると言われて、若だんなは目を見張る。仁吉は優しげに美しく笑い、薬が欲しいと願った一軒家の皆へ、ちゃんと、取って置きの一服を届けたと言った。

「皆の為ですからね。妖にも効くよう、濃い薬を作っておきました」

ただ。

「あいつらときたら、根性がないんですよ。出した薬は、いつも若だんなが飲んでいる薬と、変わらない濃さでした。なのに」

飲んだ小鬼は一口でひっくり返り、揃ってまだ、目を覚まさない。その他の妖らはともかく、貧乏神金次までが、起き上がれないままだとは情けないと、佐助は言い切った。仁吉は澄ました顔で笑っている。

「まあ皆は、若だんな程、薬を飲み慣れていませんからね」

「そういうものなのかしら。ああ、舟が来たみたいだ」

妖達が来られなかったのは、若だんなも残念だった。だから魚でも土産にしようと、若だんなは細身の猪牙舟へ乗りながら、張り切って言う。両親や奉公人達の分まで、是非捕って帰るつもりなのだ。

兄や達が真面目に言う。

「今日は、お客方に楽しんで頂く日ですよ」

「分かってるけど、きっとお客さん達も、目一杯、魚取りを楽しむと思うな。大丈夫だよ」

男は小さい頃から、魚取りや虫取りが大好きなのだ。頑張らねばならないのは、むしろその後、宴席でご馳走を食べる方だと、若だんなは正直に言った。

今日は妖達がきていないから、影内から手伝ってくれるのは、鳴家達だけなのだ。

「きゅい、大丈夫。鳴家は沢山食べる」

「ぎゅわっ、お酒も沢山飲める」

「若だんな、無茶は駄目ですよ」

「佐助、今日は目一杯働かなきゃ、駄目な日なんだ」

若だんなにとって、大当たりの一日、新しい日であった。

「若だんな、そこそこ頑張りましょうね」

仁吉は苦笑を浮かべた後、張り切る若だんなを宥めるように、そう言えばと、舟の内で語り出した。今日おたえは、若だんなが表へ出ている内に、夫婦げんかをしようとしているらしいのだ。

「は？　おとっつぁんと、いつ揉めたの？　あれ？　これから揉めるんだっけ」

「おかみさんは、一度夫婦げんかを、してみたいんだそうです」

「きゅわ？」

「喧嘩って、そういう風にするもんなの？」

「初めて聞くやり方でしょう」

笑い声が上がり、明るい空の下を、舟は堀川を進んで行く。江戸の町屋には、それは沢山堀川が作られているから、猪牙舟は海へ出る事なく、新大橋の手前から隅田川へと行く事になると、船頭が言った。

「新大橋へ行けば、両国橋はもう、程なくですよ」

そこから、初めてのもてなしが始まるのだ。上手（うま）く出来るか、ちょいと不安に思いながらも、若だんなは明るい水面へと目を向けた。

畠中さん、「日本橋の大だんな」に会いに行く

対談・細田安兵衛氏（榮太樓總本鋪相談役）

細田安兵衛氏プロフィール

（ほそだ・やすべえ）一九二七（昭和二）年、東京・日本橋一丁目生まれ。榮太樓總本鋪六代目当主。五〇年、慶應義塾大学卒業後、榮太樓總本鋪入社。七一年から社長、九五（平成七）年から会長、二〇〇〇年から相談役。東都のれん会会長、名橋「日本橋」保存会副会長など、業界、地域の発展にも尽力。著書に『江戸っ子菓子屋のおつまみ噺』などがある。

――お江戸は日本橋。言わずとしれた「しゃばけ」シリーズの舞台です。江戸時代から商業の中心だったこの町には、いまなお続く老舗がいくつもあり、伝統を引き継ぐだんな衆が活躍中です。現代に生きる「大だんな」に会ってみたい！　そんな畠中さんの思いに、創業二百年を迎える日本橋の老舗・榮太樓總本舗の相談役で、町の重鎮でもある細田安兵衛さんが応えてくださいました。

大だんなの心得

畠中　本日はどうぞよろしくお願い致します。細田相談役に、日本橋のこと、老舗のこと、江戸のこと、いろいろとお伺いできればと思っています。

細田　まあ、堅い話はいいから、どうぞ飴でも召し上がって。

畠中　ありがとうございます。榮太樓さんの「梅ぼ志飴」、大好きです。私が書いている「しゃばけ」シリーズは、薬種問屋と廻船問屋を兼ねた日本橋の大店、長崎屋が舞台になっています。主人公は一太郎という跡取り息子です。

細田　（本をながめて）すごいなあ、たくさん出ているんですね。

畠中　小説を書くために江戸の資料を調べていると、お店の実務を取り仕切るのは番頭さんや手代さんだった、ということはわかります。でも、だんな様のお仕事については、あまり出てこないのです。榮太樓さんの大だんなでいらっしゃる細田相談役に、ぜひ教えていただければうれしいです。

細田　大だんなも、何もしてないわけじゃないんだよ（笑）。店というのは、それぞれの仕事を専門に担う人がいます。経理や販売、総務などを担当するのは番頭や手代。そして何といってもうちは菓子屋だから、菓子職人が一番。そういう人たちを上手く束ねるのが大だんなの役割です。

畠中　なるほど。一太郎の友人で、菓子屋・三春屋の跡取りである栄吉は、餡子づくりがとても下手なのですが、だんなとしてならうまくやれるかもしれません。

細田　ぼくも菓子は作れないしね。だんなには、それぞれの専門分野で自分より優れた人間を上手く使う器量と度量が必要なんだよ。なんでも「自分が一番」だと思うことは野暮。それは、江戸時代からいまも変わらないあり方だと思いますね。

畠中　かっこいいです。そうした心得は、相談役が若だんなだったころ、お父様やお祖父様から教わったのですか？

細田　教えられたりしたわけじゃあないけれど、そういう環境の中で育ってきたからね。ぼくは昭和の初めにここ日本橋で生まれ、日本橋で育ちました。子どものころは店と住居が一緒で、小僧さん、いわゆる丁稚(でっち)たちが隣の部屋で寝泊まりしていたし、ぼくの勉強部屋だって繁忙期になれば作業場になっちゃうし。畳だって飴などがこぼれ落ちてベタベタしていましたよ。うちのおふくろは小僧さんたちの寝小便の世話から病気の看病まで全部してましたし。

畠中　小僧さんを使うだけではなくて、親代りもされていたとは。まるでお店全体が、大家族のようです。

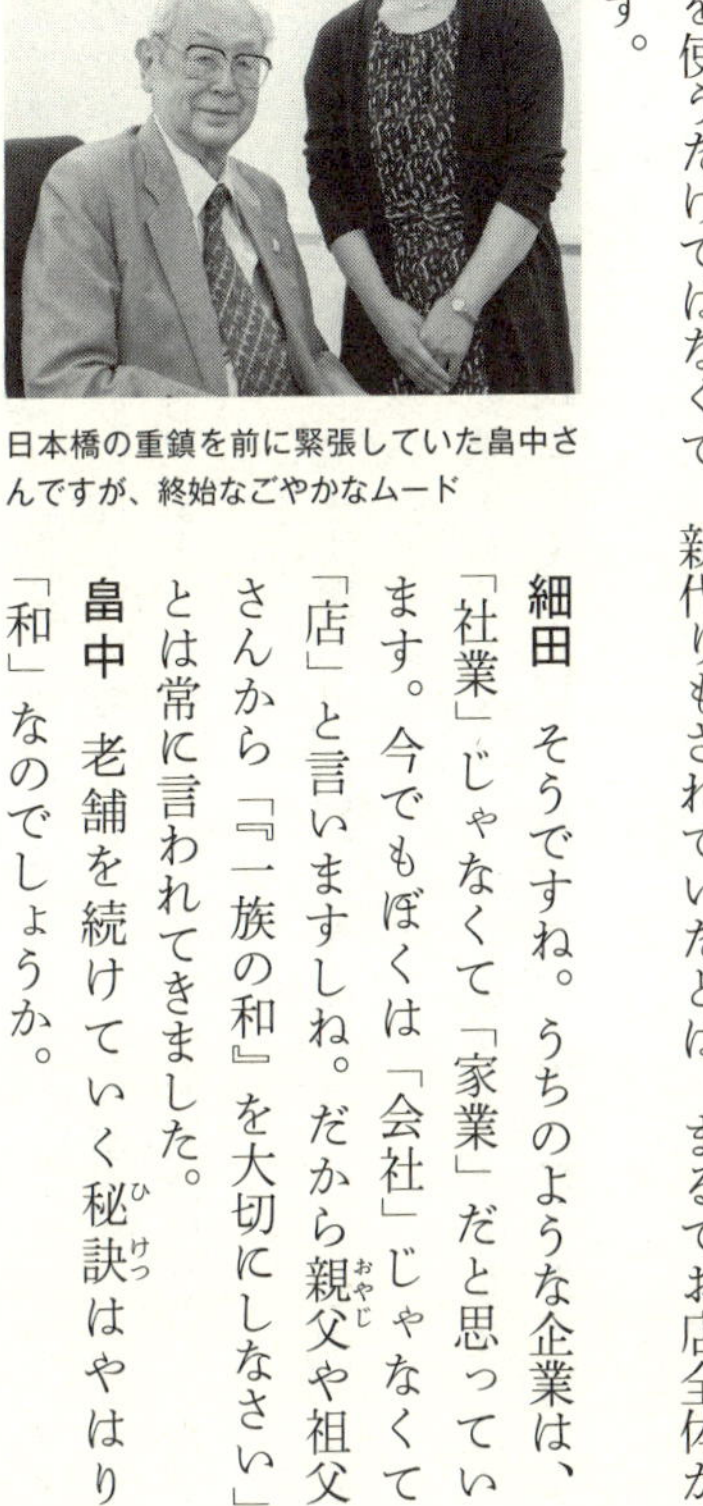

日本橋の重鎮を前に緊張していた畠中さんですが、終始なごやかなムード

細田　そうですね。うちのような企業は、「社業」じゃなくて「家業」だと思っています。今でもぼくは「会社」じゃなくて「店」と言いますしね。だから親父(おやじ)や祖父さんから「『一族の和』を大切にしなさい」とは常に言われてきました。

畠中　老舗を続けていく秘訣(ひけつ)はやはり「和」なのでしょうか。

細田　そのとおりです。うちは和菓子が商売だから、とにかく「和」が大切。今でも残っている老舗の企業はどこも一族の仲がいいですよね。逆に一族が不和で会社が潰れてしまったという例はいろいろありますよね。そういうのって大抵は兄弟ゲンカが原因なんです。

畠中　ケンカではありませんが、長崎屋も跡取り問題ではぎくしゃくしました。家族とともに仕事をするのは気苦労も多いのでしょうね。

細田　血のつながりがあっても、気遣いは必要です。まず、跡取りである長男が謙虚でなければなりません。「オレは長男なんだから」と言って、次男、三男を家来のように扱っちゃいけないんです。

江戸が息づくふるさと、日本橋

畠中　細田相談役がお小さい頃の日本橋はどのような街だったのですか？

細田　街並としては今とぜんぜん変わってないと思いますよ。木造の家がビルになっただけ。三越も今と同じところにあったし、日本橋の橋の幅も変わらない。渋谷や新宿のように様変わりした印象はありません。高速道路だけは別だけどね（笑）。

畠中　江戸、明治の息吹が今も感じられるのはそのせいなのかもしれませんね。

細田　そうですね。日本橋には日銀（日本銀行）のような国の重要文化財に指定されるような建物が幾つもある一方で、裏路地文化が残っているんですよ。いまだに小さな路地で、江戸時代から続いている佃煮屋さんや、はんぺん屋さんがちゃんと営業しています。老舗同士仲良しだしね。

畠中　日本橋の老舗企業は、横のつながりが強いと聞いたことがありますが、ほんとうなんですね。

細田　家族ぐるみの付き合いをしている老舗も多いです。山本海苔店の先代には、うちの娘の仲人をしてもらいました。逆に今の山本海苔店の副社長の結婚式では、ぼくが仲人をしたんですよ。うちの父とにんべんさんのおじいちゃんとも、しょっちゅう謡をやって仲良くしていましたし、おばあさん同士も三味線、長唄で一緒だったとか。

畠中　誰でも知っている大企業なのに、いまだに昔ながらのご近所付き合いがあるとは驚きです。これはお尋ねしてしまってよいのか……老舗のだんな衆の秘密組織があるとも伺ったのですが。

細田　秘密組織ってほどのものじゃないですよ（笑）。「日本橋倶楽部」という、地域の連中が集まって作った倶楽部のことでしょうね。同業や大学の卒業生が集まる倶楽部は多いけど、地区の名前がついたものは、他には類を見ないんじゃないかな。二年後に創立百三十年になります。
畠中　歴史ある倶楽部ですね。やはり老舗の大だんなでないと参加資格はないのでしょうか？
細田　そんなことはないよ、ぼくに言ってくれればいつでも入れますよ（笑）。特別な条件はないけど、基本的には日本橋に居住している方々、日本橋にある企業の方々の集まりです。入会しても、面白いかどうかはわからないけどね。
畠中　恐れ多くてとても加われません（笑）。皆さま集まってどんなことをされているのですか？
細田　みんなで酒を呑んだり、趣味の会をやったり、同好会みたいなものがあったり。
畠中　楽しそうですね。勝手にフリーメイソンのようなものを想像していました（笑）。
細田　祖父がかつての理事長で、ぼくもついこの間までやっていたんですよ。今は清水地所の会長が理事長ですね。
畠中　やはり錚々たるメンバーがお揃いなんですね！

日本橋の高速道路はどうなる

畠中　先ほど相談役も触れられていた日本橋の上を走る高速道路ですが、地下化して橋のかつての姿を取り戻そうという運動もあるそうですね。

細田　高速道路を撤去しようという目的で出来た「名橋『日本橋』保存会」は、今年で設立されて五十年になります。

畠中　そんなに長く活動されてこられたとは。

細田　一九六四年の東京オリンピックの年に完成するまで、ぼくたちは高速道路なんて見たこともありませんでした。うちの親父たちの世代もみな生粋の江戸っ子ですから、「お上の言うことに口出しするのもみっともない」と反対する声も上がりませんでしたし。

畠中　当時は経済成長も右肩上がりでしたしね。

細田　ところが出来上がったものを見て仰天。これはひどい、と思ったのも後の祭りです。そこから、日本橋をなんとかしなきゃいけないという動きが始まりました。

畠中　以前、京橋を守る「橋姫」というキャラクターを書いたことがあるのですが、橋というのはそのコミュニティにとって非常に重要なシンボルなのでしょうね。

細田　特に日本橋はそうですね。中央区の前身は、日本橋区と京橋区だったんです。建造物の名が区の名称になったというのは、ほかではあまりないと思いますよ。

畠中　地元の人々が本来の日本橋を復活させたいと願う気持ちもひとしおなのかと思います。

細田　ただぼくは、高速道路をつくったこと自体は反対ではありません。首都高速があったからこそ、都内の渋滞は緩和されたわけですし、社会的に貢献してきたと思います。しかし今は違います。自動車離れも進んでいますし、三環状（圏央道・外環道・中央環状線）ができれば首都高速道路の交通量は激減するでしょう。また、大地震が起きれば古い高速道路が崩落する危険性もあります。

畠中　そこまで考えられたうえで活動を続けていらっしゃるんですね。

細田　そうです。地下化するには莫大な費用と時間がかかるでしょうし、税金が使われるかもしれません。しかし、いずれにしても高速道路を移設する方向に国も都も検討をはじめたことは地元には大変ありがたいことですが、景観を優先しようとする地元のエゴと捉えられてしまうことは避けたいです。もう一つ、今後の交通網で見直されるのが水路の存在です。

畠中　水路ですか、なるほど！　江戸時代は日本橋に魚市場があり、日本橋川の水路も盛んに利用されてきましたよね。

細田　畠中さんの小説の舞台も、廻船問屋兼薬種問屋でしたね。江戸の水運を今も活用すべきだと思うんです。たとえば大災害が起きたとき、瓦礫（がれき）を東京湾に運ぶのに水路が役立つでしょう。観光面でもきっと注目されそうです。

畠中　水運が復活すれば、再び江戸の情緒も味わえそうですね。

伝統は守るものではなく磨くもの

畠中　お話を伺ってきて、生まれ育ったふるさとと長く続く家業をお持ちの細田相談役が心からうらやましくなります。私は生まれは高知で、祖父の代は竹問屋をやっていたんですが、塩田での塩の取り方が変わったときに竹の需要がなくなって、家業は潰れてしまったといいます。親は転勤族でした。

細田　それは大変でしたね。時代の需要に仕事を合わせていく、というのはとても難しいことです。ぼくが会長をしている「東都のれん会」の中でも、和装小物などを取り扱っているところは苦労しています。今では足袋や下駄（げた）、草履を履く人もずいぶん減りましたから。

畠中　生活様式が変化してしまったせいで、難しい局面に立たされている老舗も多い

のでしょうね。

細田　その点、衣食住の中でも「食」は一番保守的なので、どれだけ世の中が変わっても、和食文化は廃れません。和菓子を扱っている榮太樓は恵まれていると思います。

畠中　和菓子は伝統的であることが強みになっていますよね。私は名古屋育ちで四角いきんつばが大好きなのですが、古い資料を読んで、きんつばが昔は丸かったと知り、榮太樓さんの「金鍔」を買いに走った覚えがあります。

細田　四角いきんつばは「六方焼」であって、きんつばじゃないんですよ。

畠中　え、そうなんですか！

細田　刀の鍔ってそもそも丸いでしょう。ある殿様が鍔師に「金の鍔」をつくれと命じたけど、鍔師は悪い奴で、金無垢ではなく表面だけを金にしてごまかした、そういう逸話から、メリケン粉で薄く餡子を包んだものを「金鍔」と呼ぶようになったそうですよ。

畠中　なるほど。本作『おおあたり』でも、栄吉がつくった辛あられが人気になりすぐに真似（まね）されますが、人気の菓子は自然に広まっていくものなんですね。

細田　波及していく中で変化してしまうのは仕方ないことですが、「金鍔」という名前を考えれば、丸くなくてはならないと思うんだけどね（笑）。ネーミングも和菓子にとってはおろそかにできない要素のひとつです。

畠中　確かに、梅ぼ志飴も由来が面白いですよね。

細田　「なんで梅ぼ志飴には梅干しが入っていないんだ」と文句を言うひともいるけど、あれは色と形が梅干しのようになったのでウィットを込めて江戸時代に考えられたネーミング。たぬきそばや、きつねうどんにだって、本物のたぬきやきつねは入ってないでしょ（笑）。

畠中　おっしゃるとおりです（笑）。榮太樓さんは伝統的な和菓子を作りつづけながらも、チューブに入ったグロスのようなおしゃれな飴など、時代に合わせた新商品もたくさん開発なさっていますよね。

細田　「東都のれん会」では、「創造なきのれんは真ののれんではない」という言葉を一番大切にしています。のれんとは守るものではなく、ぼくらの世代が磨いて、育てるものなんです。だから新しいことにも積極的にチャレンジしています。ただし、磨き方を間違えると大変なことになっちゃうけど（笑）。

畠中　菓子の世界も流行り廃りが激しそうです。

細田　一時は行列ができたとしても、その後、二、三年で消えてしまう店も多い。時代に合った方向性を見極めることが大事ですね。われわれは三十年、五十年先のことを考えて商品を作り、お客様に届けていくことを心がけていますよ。

畠中　なるほど。それは小説にも言えることなのかもしれません。榮太樓さんの二百年には及びませんが、「しゃばけ」も小説シリーズとしては長い方になりました。作品を磨きながら、今後も書き続けられたらと思いました。本日は貴重なお話をありがとうございました。

家業のことのみならず、ふるさと日本橋のこと、ひいては東京の未来のことを考え続けている細田相談役のお話に、終始頷かされ通しでした。老舗ののれんを受け継ぐ者としての風格と、江戸っ子らしい軽やかさを兼ね備えた細田相談役の姿は、まさに

「大だんな中の大だんな」。

一太郎も、こんな粋でかっこいいだんなになれるかな。

二〇一八年九月　於・榮太樓總本鋪

（構成・國分由加　写真・青木登）

この作品は平成二十八年七月新潮社より刊行された。

畠中恵著
たぶんねこ
大店の跡取り息子たちと、仕事の稼ぎを競うことになった若だんなだが……。一太郎と妖たちの成長がまぶしいシリーズ第12弾。

畠中恵著
すえずえ
若だんなのお嫁さんは誰に？　そんな中、仁吉と佐助はある決断を迫られる。一太郎と妖たちの未来が開ける、シリーズ第13弾。

畠中恵著
なりたい
若だんな、実は○○になりたかった!?　変わることを強く願う者たちが巻き起こす五つの騒動を描いた、大人気シリーズ第14弾。

畠中恵
高橋留美子ほか著
しゃばけ漫画
―仁吉の巻―
高橋留美子ら7名の人気漫画家が、「しゃばけ」の世界をコミック化！　若だんなや妖たちに漫画で会える、夢のアンソロジー。

畠中恵
萩尾望都ほか著
しゃばけ漫画
―佐助の巻―
「しゃばけ」が漫画で読める！　萩尾望都ほか豪華漫画家7名が競作、初心者からマニアまで楽しめる、夢のコミック・アンソロジー。

畠中恵著
つくも神さん、お茶ください
「しゃばけ」シリーズの生みの親ってどんな人？　デビュー秘話から、意外な趣味のこと、創作の苦労話などなど。貴重な初エッセイ集。

畠中恵著

アコギなのかリッパなのか
—佐倉聖の事件簿—

政治家事務所に持ち込まれる陳情や難題を解決するは、腕っ節が強く頭が切れる大学生！「しゃばけ」の著者が贈るユーモア・ミステリ。

畠中恵著

さくら聖・咲く
—佐倉聖の事件簿—

政治の世界とは縁を切り、サラリーマンになる。そう決意した聖だが、就活には悪戦苦闘!? 爽快感溢れる青春ユーモア・ミステリ。

畠中恵著

ちょちょら

江戸留守居役、間野新之介の毎日は大忙し。接待や金策、情報戦……藩のために奮闘する若き侍を描く、花のお江戸の痛快お仕事小説。

畠中恵著

けさくしゃ

命が脅かされても、書くことは止められぬ。それが戯作者の性分なのだ。実在した江戸の流行作家を描いた時代ミステリーの新機軸。

中田永一・白河三兎
岡崎琢磨・原田ひ香著
畠中恵

十年交差点

感涙のファンタジー、戦慄のミステリ、胸を打つ恋愛小説、そして「しゃばけ」スピンオフ！「十年」をテーマにしたアンソロジー。

宮部みゆき著

龍は眠る
日本推理作家協会賞受賞

雑誌記者の高坂は嵐の晩に、超常能力者と名乗る少年、慎司と出会った。それが全ての始まりだったのだ。やがて高坂の周囲に……。

宮部みゆき著
本所深川ふしぎ草紙
吉川英治文学新人賞受賞

深川七不思議を題材に、下町の人情の機微とささやかな日々の哀歓をミステリー仕立てで描く七編。宮部みゆきワールド時代小説篇。

宮部みゆき著
かまいたち

夜な夜な出没して江戸を恐怖に陥れる辻斬り〝かまいたち〟の正体に迫る町娘。サスペンス満点の表題作はじめ四編収録の時代短編集。

宮部みゆき著
幻色江戸ごよみ

江戸の市井を生きる人びとの哀歓と、巷の怪異を四季の移り変わりと共にたどる。〝時代小説作家〟宮部みゆきが新境地を開いた12編。

宮部みゆき著
初ものがたり

鰹、白魚、柿、桜……。江戸の四季を彩る「初もの」がらみの謎また謎。さあ事件だ、われらが茂七親分――。連作時代ミステリー。

宮部みゆき著
堪忍箱

蓋を開けると災いが降りかかるという箱に、心ざわめかせ、呑み込まれていく人々――。人生の苦さ、切なさが沁みる時代小説八篇。

宮部みゆき著
孤宿の人（上・下）

藩内で毒死や凶事が相次ぎ、流罪となった幕府要人の祟りと噂された。お家騒動を背景に無垢な少女の魂の成長を描く感動の時代長編。

恩田陸著　球形の季節

奇妙な噂が広まり、金平糖のおまじないが流行り、女子高生が消えた。いま確かに何かが大きく変わろうとしていた。学園モダンホラー。

恩田陸著　六番目の小夜子

ツムラサヨコ。奇妙なゲームが受け継がれる高校に、謎めいた生徒が転校してきた。青春のきらめきを放つ、伝説のモダン・ホラー。

恩田陸著　不安な童話

遠い昔、海辺で起きた惨劇。私を襲う他人の記憶は、果たして殺された彼女のものなのか。知らなければよかった現実、新たな悲劇。

恩田陸著　ライオンハート

17世紀のロンドン、19世紀のシェルブール、20世紀のパナマ、フロリダ……。時空を越えて邂逅する男と女。異色のラブストーリー。

恩田陸著　図書室の海

学校に代々伝わる〈サヨコ〉伝説。女子高生は伝説に関わる秘密の使命を託された——。恩田ワールドの魅力満載。全10話の短篇玉手箱。

恩田陸著　夜のピクニック

吉川英治文学新人賞・本屋大賞受賞

小さな賭けを胸に秘め、貴子は高校生活最後のイベント歩行祭にのぞむ。誰にも言えない秘密を清算するために。永遠普遍の青春小説。

おおあたり

新潮文庫　は－37－16

平成三十年十二月一日発行

著者　畠中恵

発行者　佐藤隆信

発行所　株式会社新潮社

郵便番号　一六二―八七一一
東京都新宿区矢来町七一
電話　編集部(〇三)三二六六―五四四〇
読者係(〇三)三二六六―五一一一
https://www.shinchosha.co.jp

価格はカバーに表示してあります。

乱丁・落丁本は、ご面倒ですが小社読者係宛ご送付ください。送料小社負担にてお取替えいたします。

印刷・大日本印刷株式会社　製本・加藤製本株式会社

ISBN978-4-10-146136-6 C0193